Benito Pérez Galdós

Episodios nacionales I
Gerona

Barcelona **2024**
Linkgua-ediciones.com

Créditos

Título original: Episodios nacionales I. Gerona.

© 2024, Red ediciones S.L.

e-mail: info@linkgua-ediciones.com

Diseño de cubierta: Michel Mallard.

ISBN tapa dura: 978-84-1126-341-2.
ISBN rústica: 978-84-9007-279-0.
ISBN ebook: 978-84-9007-241-7.

Sumario

Brevísima presentación

La obra

Gerona es la séptima novela de la primera serie de los *Episodios Nacionales* de Benito Pérez Galdós.

La novela nos relata el segundo sitio de Gerona, en el que la ciudad sufrió un duro asedio por parte de los franceses.

Gabriel de Araceli se encuentra en su regimiento, camino de Cádiz, con su amigo Andrés Marijuán, al que ya hemos conocido en Bailén. Ambos están en el ejército del Centro y cuando Gabriel comenta que él ha estado en el Sitio de Zaragoza, Andrés le dice que lo de aquel sitio no es nada comparado con el de Gerona, comenzando a contar la historia del mismo, pues el propio Andrés estuvo allí.

En esta novela no es Gabriel el narrador, sino que es Andrés quien se hace cargo del relato.

Pérez Galdós dedica algunos capítulos de la novela para relatarnos la ruin manera de actuar del ejército francés con el comandante de la plaza, Álvarez de Castro, saltándose todos los acuerdos de rendición y las maneras de la guerra de entonces. La narración nos lleva a los umbrales de la degradación humana debido a sentimientos que son más instivos que el propio honor y amor a la patria.

En cuanto al protagonista, Gabriel de Araceli, el relato termina justo en el instante en que él y la condesa Amaranta están a punto de reencontrarse con Inés.

••••

En el invierno de 1809 a 1810 las cosas de España no podían andar peor. Lo de menos era que nos derrotaran en Ocaña a los cuatro meses de la casi indecisa victoria de Talavera: aún había algo más desastroso y lamentable, y era la tormenta de malas pasiones que bramaba en torno a la Junta central. Sucedía en Sevilla una cosa que no sorprenderá a mis lectores, si, como creo, son españoles, y es que allí todos querían mandar. Esto es achaque antiguo, y no sé qué tiene para la gente de este siglo el tal mando, que trastorna las cabezas más sólidas, da prestigio a los tontos, arrogancia a los débiles, al modesto audacia y al honrado desvergüenza. Pero sea lo que quiera, ello es que entonces andaban a la greña, sin atender al formidable enemigo que por todas partes nos cercaba.

Y aquel era enemigo, lo demás es flor de cantueso. Me río yo de insurrecciones absolutistas y republicanas, en tiempos en que el poder central cuenta con grandes elementos para sofocarlas. Aquello no se parecía a ninguna de estas niñerías de ahora, pues con las tropas que Napoleón envió a España a fines del año 9 constaba de trescientos mil hombres el ejército invasor. Los nuestros, dispersos y desanimados, no tenían un general experto que los mandase; faltaban recursos de todas clases, especialmente de dinero, y en esta situación el poder central era un hervidero de intriguillas. Las ambiciones injustificadas, las miserias, la vanidad ridícula, la pequeñez inflándose para parecer grande como la rana que quiso imitar al buey, la intolerancia, el fanatismo, la doblez, el orgullo rodeaban a aquella pobre Junta, que ya en sus postrimerías no sabía a qué santo encomendarse. Bullían en torno a ella políticos de pacotilla de la primera hornada que en España tuvimos, generales pigmeos que no supieron ganar batalla alguna; y aunque había también varones de mérito así en la milicia como en lo civil, estos o no tenían arrojo para sobreponerse a los tontos, o carecían de aquellas prendas de carácter sin las cuales, en lo de gobernar, de poco valen la virtud y el talento.

Tuvo la Junta allá por Marzo el malísimo acuerdo de establecer el Consejo de Castilla, fundiendo en él todos los demás Consejos suprimidos, y cuando esta antigualla se vio de nuevo con vida; cuando esta máquina roñosa, inútil y gastada se encontró puesta otra vez en movimiento, allí era de ver cómo pretendía gobernar el mundo. La fatuidad de aquellos consejeros que tanto adularon a José no tenía igual. Desde que se les puso en juego, empezaron a intrigar contra quien les había sacado del olvido, y decían que la Junta era ilegítima. Valiéndose de don Francisco Palafox, hermano del defensor de Zaragoza; de Montijo, a quien hemos visto en alguna parte, del marqués de la Romana y de otros pájaros, llenaron de enredos a la Junta y a la comisión ejecutiva. Por último, en la Regencia, última metamorfosis de aquel poder tan nacional como desgraciado, también sembraron cizaña los del Consejo. Esta pandilleja no era otra cosa que el partido absolutista, que ya empezaba a sacar la oreja; y para que desde el principio se tuviera completa noticia de su existencia, también repartió dinero entre la tropa, fiando sus esperanzas a una sedición militar que por entonces quedó frustrada. Nada de esto era ya nuevo en España, porque el motín del 19 de Marzo en Aranjuez, de que, si mal no recuerdo, hice mención, obra fue de la misma gente; mas no se valieron solo de la tropa sino también de varios cuerpos facultativos y distinguidos, como los lacayos, pinches y mozos de cuadra de la regia casa. En Sevilla azuzaron a lo que un gran historiador llama con enérgico estilo *la bozal muchedumbre,* y hubo frecuentes serenatas de berridos y patadas por las calles; mas no pasó de aquí.

Un arma moral esgrimían entonces unos contra otros los políticos menudos, y era el acusarse mutuamente de malversadores de los caudales públicos, cuyo grosero recurso hacía el mejor efecto en el pueblo. Cuando se disolvió la Junta en Cádiz, hubo un registro de equipajes, que es de lo más vil y bochornoso que contiene nuestra moderna historia; pero no se encontró nada en las maletas de los patriotas, porque estos, malos o buenos, tontos o discretos, no tenían el alma en los bolsillos, ni la tuvieron aun sus inmediatos sucesores, años adelante.

Perdonen ustedes, si me ocupo de estos sainetes de la epopeya. Lo extraño es que las miserias de los partidos (pues también entonces había partidos, aunque alguien lo dude) no impedían la continuación de la guerra, ni debilitaban el formidable empuje de la nación, con independencia de las victorias o derrotas del ejército. Verdad es que las discordias de arriba no habían cundido a la masa común del país, que conservaba cierta inocencia salvaje con grandes vicios y no pocas prendas eminentes, por cuya razón la homogeneidad de sentimientos sobre que se cimentara la nacionalidad, era aún poderosa, y España, hambrienta, desnuda y comida de pulgas, podía continuar la lucha.

Cansaría a mis amados lectores si les contara detalladamente mi vida durante aquel funesto año 9, que comenzado con las proezas de Zaragoza, terminaba con el desastre de Ocaña y la dispersión del ejército español. Por fortuna no me encontré en aquella jornada, pues incorporado al principio del año al ejército del Centro, me destinaron en Agosto a la división del duque del Parque, y asistí a la acción de Tamames. Poco puedo decir de la de Talavera, que no sea por referencia, pues el 27 y el 28 de Julio me encontraba en Puente del arzobispo, y aunque algo podría contar de la campaña del duque del Parque, lo omito por no cansar a mis amigos. A fin del año servía en la división de don Francisco Copons, que con las de don Tomás Zeraín, de Lacy y Zayas guardaba el paso de Sierra-Morena, porque ha de saberse que los franceses, envalentonados hasta lo sumo y reforzados con nueva tropa, se disponían a invadir la Andalucía, a los dieciocho meses de la batalla de Bailén, ia los dieciocho meses! Las fuerzas de que disponíamos apenas merecían el nombre de ejército, y el del duque de Alburquerque, único que aún se conservaba en buen estado, no podía tampoco resistir el empuje de los franceses victoriosos, y se retiraba hacia el Mediodía para proteger la resistencia del poder central.

iQué situación, amigos míos! Esto pasaba, como he dicho, al poco tiempo de aquella brillante y rápida campaña de Junio y Julio de 1808; y los mismos lugares que antes nos vieron victoriosos y llenos de orgullo presenciaban ahora el triste desfile de los dispersos de Ocaña, que a cada instante volvían el rostro con inquietud, creyendo sentir las pisadas de los caballos de Víctor, Sebastiani y Mortier.

—iQuién hubiera creído —dije a Andresillo Marijuán, cuando almorzábamos en una venta de Collado de los Jardines— que habíamos de desandar tan pronto este camino! Ahora me parece que no paramos hasta Cádiz.

—Con paciencia se gana el cielo —me contestó—. Yo tengo toda la que pueden dar siete meses de bloqueo como el de Gerona. Todavía estoy admirado de encontrarme vivo, Gabriel. Pero dime, ¿dónde has ganado esa charretera? ¿Creerás que yo no soy nada? Digo mal porque dentro de la plaza me hicieron al modo de sargento y a estas horas nadie me ha reconocido mi grado. Haré una reclamación a la Junta.

—Yo gané mis grados en Zaragoza —respondí con orgullo— y también te aseguro que al cabo de un año conservo cierta duda de si seré yo mismo el que en aquellos fieros combates se halló, o si después de muerto me habré trocado en otro sujeto.

—Bien dicen que en Zaragoza y en el ejército del Centro se dieron los grados como quien echa almorzadas de trigo a las gallinas. Amigo Gabriel, en España no se premia más que a los tontos y a los que meten bulla sin hacer nada. Dime, teniente de almíbar, ¿en Zaragoza comistes ratones flacos y pedazos de estera fritos con grasa de asno viejo?

Reíme de la pregunta, y los circunstantes dieron broma a Marijuán, porque este desde que se nos unió cerca de Almadén del Azogue en los últimos días del año, nos había venido aturdiendo con el perenne contar de sus privaciones y hambres en Gerona.

—En mi mochila —continuó el aragonés— tengo un diario del sitio que escribió en la plaza el señor don Pablo Nomdedeu, y os lo daré a leer, para despertar el apetito cuando estéis desganados. Por ahora en marcha, que me parece dan orden de tomar soleta hacia abajo.

En efecto, después de una hora de descanso emprendimos el camino hacia el Mediodía, y Marijuán repetía la canción con que nos aporreaba los oídos desde que le encontramos:

Dígasme tú, Girona
si te n'arrendiràs...
Lirom lireta.
Cóm vols que m'rendesca
si España non vol pas.
Lirom fa la garideta,
lirom fa lireta la.

En Bailén hicimos noche. ¡Qué triste impresión produjo en mí la vista de aquellos campos, al considerar que los atravesábamos después de dejar casi toda Castilla en poder de los franceses, a quienes poco antes habíamos sojuzgado con tanta fortuna en el mismo sitio! ¡Cómo se representó en mi imaginación lo que allí había visto y oído, la perspectiva y el estruendo glorioso de la acción, iluminada por el ardoroso Sol de Julio! Todo estaba frío, helado, quieto, triste, silencioso, oscuro, y parecía que sobre los llanos y las mansas colinas de Bailén, una pesada e informe sombra se paseaba a flor del suelo. Visitamos luego Marijuán y yo el palacio de Rumblar, creyendo encontrar allí todavía a la condesa y a su familia, y aunque era ya de noche, nos propusimos penetrar seguros de ser bien recibidos. Cuando dimos los primeros aldabazos en la puerta, contestonos el lejano ladrido de un perro, sin que rumor alguno indicase la presencia de criatura humana en el palacio, lo cual nos hizo comprender que estaba abandonado. Insistimos, sin embargo, en dar golpes, y al cabo oímos una voz que desde el patio con enojado tono nos respondía, mejor dicho, nos increpaba exclamando:

—Allá voy. ¡Condenados muchachos, qué querrán a estas horas!

Abrionos echando sapos y culebras por su fea boca el tío Tinaja, antiguo servidor de la casa (pues no era otro el que a la sazón la guardaba), y luego que nos hubo reconocido, desarrugó el ceño, hízonos entrar ofreciéndonos un asiento junto a la lumbre, y allí nos contó cómo toda la familia con buena parte de la servidumbre había marchado a Cádiz huyendo de la invasión francesa.

—Mi señora la condesa doña María estaba en que se había de quedar —nos dijo—; pero sus primas de Madrid, que llegaron por Todos los Santos, le volvieron la cabeza del revés. Don Paco también tenía mucho miedo, y entre él, las primas y las tres señoritas, todos llorando y moqueando en ruedo, ablandaron el alma de bronce de la condesa, obligándola a marchar.

—¿No ha venido también el señor don Felipe? —pregunté comprendiendo a qué personas se refería el tío Tinaja.

—El señor don Felipe no ha venido, porque según dijeron, está con el francés. Su hermana, la señora marquesa, es muy española, y habían de ver ustedes cómo disputa con su sobrina, que se ríe del *Lord* y dice que ningún general español vale dos cuartos.

—¿Ha venido también don Diego?

—No señor. Pues pocas lágrimas han derramado las niñas, y pocos mares han corrido de los ojos de la señora por las calaveradas de don Diego.

13

No hay quien le saque de Madrid, donde se junta con *flamasones, anteos, perdularios*, gabachos y gente mala que le trae al retortero. Parece que ya no se casa con la señorita Inés, por cuya razón mi ama está que trina, y el otro día ella y sus primas hablaron más de lo regular. Don Paco se puso por medio y echó una arenga en latín. Las señoritas empezaron a llorar, y aquel día en la mesa nadie habló una palabra. No se oía más ruido que el de los dientes mascando, el de los tenedores picando en los platos y el de las moscas que iban a golosinear.

—¿Y cuándo salieron para Cádiz?

—Hace cuatro días. Las tres señoritas iban muy contentas, y doña María muy triste y ensimismada. La mala conducta del señor don Diego la tiene en ascuas y la buena señora se va acabando.

Nada más me dijo aquel hombre que merezca mención, y a varias preguntas mías harto prolijas e impertinentes, no contestó cosa alguna de provecho. Después que nos ofreció parte de su cena, díjonos que podíamos albergarnos en la casa por aquella noche, y como la tropa se alojaba en el pueblo, nos quedamos allí. Solo, y mientras Marijuán dormía, recorrí varias habitaciones altas de la casa, iluminadas no más que por la Luna, y una dulce e inexplicable claridad llenaba mi alma durante aquella muda y solitaria exploración. No hubo mueble que no me dijese alguna cosa, y mi imaginación iba poblando de seres conocidos las desiertas salas. La alfombra conservaba a mis ojos una huella indefinible, más bien pensada que vista; vi un cojín que aún no había perdido el hundimiento producido por el brazo que acababa de oprimirlo, y en los espejos creí ver no la huella, ni la sombra, porque estas voces no son propias, sino una nada, mejor dicho un vacío, dejado allí por la imagen que había desaparecido.

En una habitación que daba a la huerta vi tres camas pequeñas. Dos de ellas parecía como que tenían un lugar fijo en los dos testeros de derecha e izquierda. La tercera que estorbaba el paso, revelaba haber sido puesta para un huésped de pocos días. Las tres estaban cubiertas de blanquísimas colchas, bajo las cuales los fríos colchones se inflamaban sin peso alguno. La pila de agua bendita estaba llena aún y mojé las puntas de los dedos, haciéndome en la frente la señal de la cruz. Un fuerte escalofrío corrió por mi cuerpo al contacto helado, como si los dedos que habían tomado las últimas gotas se rozaran con los míos en la superficie del agua. Recogí del suelo una pequeña cinta y unos pedacitos de papel retorcidos, engrasados y perfumados, que indicaban haber servido para moldear los rizos de una cabellera. El silencio de aquel lugar no me parecía el silencio propio de los lugares donde no hay nadie, sino aquel que se produce en los intervalos elocuentes de un diálogo, cuando hecha la pregunta el interlocutor medita para responder.

Salí de aquella estancia, y después de recorrer otras con igual interés, sintiéndome al fin cansado, me recosté en un sofá, donde cerca ya del alba me dormí profundamente. La luz del día entraba a torrentes por las ventanas y balcones cuando me despertó Andrés cantando su estribillo catalán:

> Dígasme tú Girona
> si te n'arrendiràs.

En aquellos días, los últimos del mes de Enero de 1810, ocurrieron las más lamentables desgracias del ejército español. Creeríase que el genio de la guerra, fundamental en nosotros como el eje del alma, nos había faltado, y la lucha fue desordenada y a la aventura. El general Desolles atacó en Puerto del Rey a la división Girón que se desbandó junto a las Navas de Tolosa, y al mismo tiempo Gazán acometía el paso de Nuradal, mientras Mortier forzaba el de Despeñaperros. El mariscal Víctor penetró por Torrecampo para caer sobre Montoro, y Sebastiani por Montizón, de modo que la invasión de Andalucía se verificó por cuatro puntos distintos con estrategia admirable que acabó de desconcertarnos. Verdad es, y sírvanos esto de disculpa, que teníamos por general en jefe a don Juan Carlos de Areizaga, hombre nulo en el arte de la guerra, y en cuya cabeza no cabían tres docenas de hombres. La pericia de algunos jefes subalternos servía de muy poco, y desmoralizada la tropa, convencida de su incapacidad para la resistencia, no veía delante de sí ni gloria, ni honor, sino el cómodo refugio de Córdoba, Sevilla o la isla gaditana. Resistencia formal solo la hallaron los franceses por Montizón entre Venta Nueva y Venta Quemada, donde mandaba don Gaspar Vigodet, el cual después de batirse con mucho arrojo ordenó la retirada en regla. En suma, señores míos, doloroso es decirlo y doloroso es recordarlo; pero es lo cierto que los franceses avanzaron hacia Córdoba cuando nosotros llorábamos nuestra impotencia camino de Sevilla.

¿Y qué podré deciros del espectáculo que nos ofreció esta ciudad amotinada, sometida a las intrigas de una facción tan pequeña como audaz? De buena gana no diría nada, tragándome todo lo que sé y ocultando todo lo que vi, para que semejantes fealdades no entristecieran estos cuadros; pero ya la fama ha dicho cuanto había que decir, y no porque yo lo calle dejará de saberse, que si en mí consistiera, a este y a otros hoyos de nuestra historia les echaría tierra, mucha tierra.

Es el caso que fugitiva la Central, los conspiradores erigieron allí una juntilla suprema, y azuzado el populacho, no se oían más que vivas y mueras, olvidándose del francés que tocaba a las puertas, cual si en el suelo patrio no hubiese más enemigos que aquellos desgraciados centrales. ¡Lo que es la pasión política, señores! No conozco peor ni más vil sentimiento que este, que impulsa a odiar al compatricio con mayor vehemencia que al extranjero invasor. Yo me espantaba presenciando los atropellos verificados contra algunos y la salvaje invasión de las casas de otros. ¡Y gracias que escaparon con vida de manos de aquella plebe holgazana y chillona! En una palabra, aquello era de lo más denigrante que he visto en mi vida, y si la Junta central valía poco, los individuos que en Sevilla y después en Cádiz agujerearon, como inquietos y vividores reptiles, sus fundamentos, no ocupan, a pesar de su mucho bullir y de las distintas posturas que tomaron, un lugar visible en la historia. Su pequeñez los hace desaparecer en las perspectivas de lo pasado, y sus nombres sin eco no despiertan admiración ni encono. Pertenecen a ese vulgo que, con ser tan vulgo, ha influido en los destinos del país desde la primera revolución acá; gentezuela sin ideal, que se perdería en las muchedumbres como las gotas de lluvia en el Océano, si la vituperable neutralidad política de los españoles honrados, decentes, entendidos y patriotas, que son los más, no les permitiera actuar en la vida pública, tratando al país como un objeto de exclusiva pertenencia que se les ha dado para divertirse.

Pero quiero poner punto en esta materia, que seduce poco mi entendimiento. Continuando nuestra retirada llegamos al Puerto de Santa María, donde estuvimos dos días con sus noches, y allí fue donde adquirí sobre el formidable cerco de Gerona estupendas noticias. Debo una explicación a mis lectores, y voy a darla.

Mi objeto al comenzar esta última sesión, en que apaciblemente nos encontramos, amados señores míos, fue referir lo mucho y bueno que vi en Cádiz cuando nos refugiamos allí, después que los franceses penetraron en Andalucía; pero un deber patriótico me obliga a aplazar por breve tiempo este mi natural deseo, haciendo lugar a algunos hechos del sitio de Gerona, que contaré también, si bien los contaré de oídas. Un amigo de aquellos tiempos, y que después lo fue también mío en épocas más bonancibles, me entretuvo durante dos largas noches con la descripción de maravillosas hazañas que no debo ni puedo pasar en silencio. Aquí las pongo, pues, suspendiendo el curso de mi historia, que reanudaré en breve, si Dios me da vida a mí y a ustedes paciencia. Solo me permito advertir, que he modificado un tanto la relación de Andresillo Marijuán, respetando por supuesto todo lo esencial, pues su rudo lenguaje me causaba cierto estorbo al tratar de asociar su historia a las mías. Hago esta advertencia para que no se maravillen algunos de encontrar en las páginas que siguen observaciones y frases y palabras impropias de un muchacho sencillo y rústico. Tampoco yo me hubiera expresado así en aquellos tiempos; pero téngase presente que en la época en que hablo, cuento algo más de ochenta años, vida suficiente a mi juicio para aprender alguna cosa, adquiriendo asimismo un poco de lustre en el modo de decir.

Relación de Andresillo Marijuán

I

Yo entré en Gerona a principios de Febrero, y me alojé en casa de un cerrajero de la calle de Cort-Real. A fines de Abril salí con la expedición que fue en busca de víveres a Santa Coloma de Farnés, y a los pocos días de mi regreso, murió a consecuencia de las heridas recibidas en el segundo sitio aquel buen hombre que me había dado asilo. Creo que fue el 6 de Mayo, es decir, el mismo día en que aparecieron los franceses, cuando al volver de la guardia en el fuerte de la Reina Ana, encontré muerto al señor Mongat, rodeado de sus cuatro hijos que lloraban amargamente.

Hablaré de los cuatro huérfanos, que ya lo eran completamente por haber perdido a su madre algunos meses antes. Siseta, o como si dijéramos, Narcisita, la mayor en edad, tenía poco más de los veinte, y los tres varoncillos no sumaban entre todos igual número de años, pues Badoret[1] apenas llegaba a los diez, Manalet[2] no tenía más de seis, y Gasparó empezaba a vivir, hallándose en el crepúsculo del discernimiento y de la palabra.

Cuando penetré en la casa y vi cuadro tan lastimoso, no pude contener las lágrimas y me puse a llorar con ellos. El señor Cristòful Mongat era una excelente persona, buen padre y patriota ardiente; pero aun más que el recuerdo de las buenas prendas del difunto me contristaba la soledad de las cuatro criaturas. Yo les amaba mucho, y como mi buen humor y franca condición propendían a enlazar el alma de aquellos inocentes con la mía, en algunos meses de trato, Badoret, Manalet y Gasparó, se desvivían por mí. No hablo aquí de Siseta, porque para esta tenía yo un sentimiento extraño, de piedad y admiración compuesto, como se verá más adelante. Mi ocupación en la casa mientras vivió el señor Mongat era en primer término hablar con este de las cosas de la guerra, y en segundo término divertir a los chicos con toda clase de juegos, enseñándoles el ejercicio y representando con ellos detrás de un cofre las escenas del ataque, defensa y conquista de una trinchera. Cuando yo iba de guardia, bien a Monjuich, bien a los reductos del Condestable o del Cabildo, los tres, incluso Gasparó, me seguían con sendas cañas al hombro remedando con la boca el son de cajas y trompetas o relinchando al modo de caballos.

---

1   Diminutivo de Salvador. (N. del A.)
2   Id. de Manuel. (N. del A.)

Asociado cordialmente a su desgracia, les consolé como pude, y al día siguiente, después que echamos tierra al buen cerrajero, y luego que se retiraron los vecinos fastidiosos que habían ido a hacer pucheros condoliéndose ruidosamente de los huérfanos, pero sin darles auxilio alguno, tomé por la mano a Siseta, y llevándola a la cocina, le dije:

—Siseta, ya tú sabes...

Pero antes quiero decir que Siseta era una muchacha gordita y fresca, que sin tener una hermosura deslumbradora, cautivaba mi alma de un modo extraño, haciéndome olvidar a todas las demás mujeres y principalmente a la que había sido mi novia en la Almunia de Doña Godina. Rosada y redondita, Siseta parecía una manzana. No era esbelta, pero tampoco rechoncha. Tenía mucha gracia en su andar, y poseyendo bastante soltura e ingenio en la conversación, sabía sin embargo acomodarse a las situaciones, distinguiéndose por una gran disposición para no estar nunca fuera de su lugar, de cuyas prendas puede colegirse que Siseta tenía talento.

Pues bien, como antes indiqué, tomándole una mano, le dije:

—Siseta...

No sé qué me pasó en la lengua, pues callé un buen rato, hasta que al fin pude continuar así:

—Siseta, ya tú sabes que va para cuatro meses que estoy alojado en tu casa...

La muchacha hizo un signo afirmativo, demostrando estar convencida de mi permanencia en la casa durante cuatro meses.

—Quiero decir —proseguí— que durante tanto tiempo he estado comiendo de tu pan, aunque también os he dado el mío. Ahora con la muerte del señor Cristòful, os habéis quedado huérfanos. ¿Tienen ustedes tierras, alguna casa, alguna renta?...

—No tenemos nada —me contestó Siseta dirigiendo tristes miradas a los cacharros de la cocina—. No tenemos nada más que lo que hay en casa.

—Las herramientas valen alguna cosa —dije— mas en fin no hay que apurarse, que Dios aprieta, pero no ahoga. Aquí está el brazo de Andrés Marijuán. ¿Dejó tu padre algún dinero?

—Nada —respondió— no ha dejado nada. Durante su enfermedad trabajaba muy poco.

—Bien, muy bien —dije yo—. Con eso podéis recibir el plus que nos dan ahora y la ración que me toca todos los días. No hay que apurarse. Tú serás madre de tus hermanos, y yo seré su padre, porque estoy decidido a ahorcarme contigo. Ea, dejarse de lloriqueos; Siseta, yo te quiero. Tal vez creerás tú que yo no tengo tierras. ¡Qué tonta! Si vieras qué dos docenas de cepas tengo en la Almunia; si vieras qué casa... solo le falta el techo; pero es fácil componerla, sin fabricarla toda de nuevo. Con que lo dicho, dicho. En cuanto se acabe este sitio, que será cosa de días a lo que pienso, venderás los cachivaches de la herrería, me darán mi licencia, pues también se concluirá la guerra; pondremos sobre un asno a la señora Siseta con Gasparó y Manalet, y tomando yo de la mano a Badoret, camina que caminarás, nos iremos a ese bajo Aragón, que es la mejor tierra del mundo, donde nos estableceremos.

Una vez que desembuché este discurso, volví al taller, con objeto de examinar las herramientas, y todo aquel mueblaje me pareció de poquísimo valor. La huérfana después que me oyera, sin decir cosa alguna, púsose a arreglar los trastos ordenando todo con hábil mano y a limpiar el polvo. Los chicos me rodearon al punto, corriendo precipitadamente a traer sus cañas, palos y demás aparatos de guerra, viéndome yo obligado en razón de esta diligencia a recomendarles gran celo en el servicio de la patria y del rey, pues bien pronto, si los franceses apretaban el cerco, Gerona necesitaría de todos sus hijos, aun de los más pequeñitos. Por último, después que durante media hora pusieron armas al hombro y en su lugar, cebaron, cargaron, atacaron e hicieron varias descargas imaginarias, pero que retumbaban en el angosto taller, les vi soltar las armas decaído el marcial ardor, y volver a su hermana con elocuente expresión los ojos.

—¿Qué? —pregunté yo, comprendiendo lo que significaba aquel mudo interrogatorio—. Siseta, ¿no hay qué comer?

Siseta disimulando sus lágrimas, registraba los negros andamios de una alacena, en cuyas cavernosas profundidades la infeliz se empeñaba en ver alguna cosa.

—¿Cómo es eso? —dije—. Siseta, no me habías dicho nada. ¿Qué me costaría ir al cuartel y pedir que me adelanten la ración de mañana?... ¿Y para qué quiero yo los siete cuartos que tengo ahorrados? Nada, hija; es preciso no solo traer lo necesario para hoy, sino también provisiones abundantes, por si escasean los víveres dentro de la plaza. Dicen que ahora nos van a dar dos reales diarios. Ya me figuro lo que harás tú con esta riqueza. Pero no es ocasión de detenerme en habladurías, que estos valientes soldados se mueren de hambre. Toma los siete cuartos: voy al punto por la libreta.

No tardé en volver con el pan, y tuve el gusto de ver comer a mis hijos (desde entonces empecé a darles este nombre). Siseta se mantuvo en los límites de una sobriedad excesiva, y mientras duró el festín les hablé de los grandes acopios de víveres que se estaban haciendo en Gerona, conversación que parecía muy del agrado de los pequeñuelos. En esto el señor Nomdedeu, habitante del piso superior de la casa, pasó por delante de la tienda en dirección al portal contiguo. Saludonos afablemente a todos, y después de decir algunas palabras de desconsuelo con motivo de la pérdida del excelente señor Mongat, subió a su casa, rogándome que le acompañara. Yo tenía costumbre de ir todas las mañanas a referirle lo que se decía en los cuerpos de guardia, y estas visitas tenían para mí el doble atractivo de contar lo que sabía y de oír las agradables pláticas del señor Nomdedeu, hombre con quien no se hablaba una sola vez sin sacar alguna enseñanza provechosa.

II

El señor don Pablo Nomdedeu era médico. No pasaba de los cuarenta y cinco años; pero los estudios o penas domésticas, para mí desconocidas, habían trabajado en tales términos su naturaleza que aparentaba mucho más del medio siglo. Era acartonado, enjuto, amarillo, con gran corva en la espina dorsal, y la cabeza salpicada de escasos pelos rubios y blancos, como yerba que nace al azar en ingrata tierra. Todo anunciaba en él debilidad y prematura vejez, excepto su mirar penetrante, imagen del alma enérgica y del entendimiento activo. Vivía en apacible medianía, sin lujo, pero también sin pobreza, muy querido de sus paisanos, consagrado fuera de casa a los enfermos del hospital, y dentro de ella al cuidado de su hija única, enferma también de doloroso e incurable mal. Para que ustedes acaben de conocer a aquel apacible sujeto, me falta decirles que Nomdedeu era un hombre de gran saber y de mucha amenidad en su sabiduría. Todo lo observaba, y no se permitía ignorar nada, de modo que jamás ha existido hombre que más preguntase. Yo no creí que los sabios preguntasen tonterías de las que no ignora un rústico; pero él me dijo varias veces que la ciencia de los libros no valdría nada, si no se cursase el doctorado de la conversación con toda clase de personas.

De su casa poco diré. Era tan humilde como decente. Muchos libros, algunas estampas francesas de anatomía, emparejadas con otras de santos, y bastantes cuadros que ostentaban detrás del vidrio innumerables yerbas secas con sendos letreros manuscritos al pie. Pero lo que principalmente impresionaba mi ánimo al subir a casa del señor Nomdedeu era una criatura tierna y sensible, una belleza consumida y marchita, una triste vida que junto a la pequeña ventana abierta al Mediodía quería prolongarse absorbiendo los rayos del Sol. Me refiero a la desgraciada Josefina, hija del insigne hombre que he mencionado, la cual, enferma y postrada, se me representaba como las flores secas guardadas por el doctor detrás de un vidrio. Josefina había sido hermosa; pero perdidos algunos de sus encantos, otros se habían sublimado en aquel descendente crepúsculo que iba difundiendo sobre ella las sombras de la muerte. Inmóvil en un sillón, su aspecto era por lo común el de una absoluta indiferencia. Cuando su padre entró conmigo el día a que me refiero, Josefina no respondió a sus caricias con una sola palabra. Nomdedeu me dijo:

—Su existencia de plomo está pendiente de una hebra de seda.

Pronunció estas palabras en voz alta y delante de ella, porque Josefina estaba completamente sorda.

—El profundo silencio que la rodea —continuó el padre— es favorable a su salud, porque siendo su mal un desarrollo excesivo de la sensibilidad, todo lo que disminuya las impresiones exteriores, aumentará el reposo, a que debe esa lánguida y decadente vida. No espero salvarla; y todo mi afán consiste hoy en embellecer sus días, fingiendo que nos hallamos rodeados de felicidades y no de peligros. Desearía llevarla al campo, pero el deber y el patriotismo me obligan a no abandonar el cuidado del hospital, cuando nos amenaza un tercer cerco, que parece va a ser más riguroso que los dos primeros. Dios nos saque en bien. ¿Con que se murió ese pobre señor Mongat?

—Sí, señor —respondí— y ahí tiene usted cuatro huérfanos desvalidos que pedirían limosna por las calles de Gerona, si yo no estuviera decidido a quitarme el pan de la boca para dárselo.

—Dios te premiará tu generosidad. Yo también haré lo que pueda por esos infelices. Siseta parece una buena muchacha, y sube algunas veces a acompañar a mi hija. Dile que venga más a menudo, y hoy mismo encargaré a la señora Sumta[3] que les dé a los hijos de Cristòful Mongat todo lo que sobre en la casa. Pero cuéntame, ¿qué has oído en el cuerpo de guardia? Antes dime lo que ha ocurrido en esa expedición a Santa Coloma de Farnés. ¿Fuiste allá?

—Sí, señor; mas no nos ocurrió nada de particular. Los franceses se nos presentaron en la tarde del 24 de Abril; pero como éramos pocos, y no llevábamos por objeto el batirnos con ellos, sino traer provisiones a Gerona, luego que cargamos los carros y las mulas, nos vinimos para acá con don Enrique O'Donnell. Los *cerdos* dominan toda la Sagarra; pero los somatenes les hacen perder mucha gente, y para abastecerse pasan la pena negra. El general francés Pino mandó hace poco un batallón a San Martín en busca de víveres. Al llegar, el coronel pidió al alcalde para el día siguiente de madrugada cierto número de raciones de tocino (porque abundan en aquel pueblo los animalitos de la vista baja); y como el batallón estaba cansado, dioles boletas de alojamiento, distribuyendo a los soldados en las casas de los vecinos. El alcalde aparentó deseo de servir al señor coronel, y al anochecer el pregonero salió por las calles gritando: «*Eixa nit a las dotse, cada vehí matarà son porch.*»

—Y cada vecino mató su francés.

—Así parece, señor, y así me lo contaron en el camino; pero no respondo de que sea verdad, aunque la gente de San Martín es capaz de eso. Luego que hicieron su matanza, escondieron armas, morriones y cuanto pudiera descubrirlos; y cuando se presentó el general Pino trataron de probarle que *allí no había estado nadie.*

—Sabes, Andrés —me dijo Nomdedeu— que eso parece cosa de cuento.

—Séalo o no —repuse— con estos y otros cuentos se anima la gente. Los *cerdos* están ya sobre Gerona, y esta mañana les hemos visto en los altos de

---

3   Lo mismo que Asunción. (N. del A.)

24

Costa-Roja. Aquí dentro no somos más que cinco mil seiscientos hombres, que no son bastantes para defender la mitad de los fuertes. De estos el que no se ha caído ya, es porque no se le ha dado licencia. Si Zaragoza, que tenía dentro de murallas cincuenta mil hombres, ha caído al fin en poder del francés, ¿qué va a hacer Gerona con cinco mil seiscientos?

—Ya serán algunos más —dijo Nomdedeu paseándose por la habitación con la inquietud nerviosa y retozona que se apoderaba de él hablando de las cosas de la guerra—. Todos los vecinos de Gerona toman las armas, y hoy mismo se están formando en el claustro de San Félix las listas de las ocho compañías que componen la *Cruzada gerundense.* Yo he querido afiliarme; pero como médico, cuyos servicios no pueden reemplazarse, me han dejado fuera con sentimiento mío. También se está formando hoy el batallón de señoras, de que es coronela doña Lucía Fitz-Gerard, ¿la conoces? En verdad te digo, amigo Andrés, que en medio de la pena que causa el considerar los desastres que nos amenazan, se alegra uno al ver los belicosos preparativos que tanto enaltecen al vecindario de esta ciudad.

Mientras esto decíamos, expresándonos uno y otro con bastante exaltación, Josefina fijaba en nosotros sus ojos sorprendida y aterrada, y atendía a nuestros gestos, dando a conocer que los comprendía tan bien como la misma palabra. Advirtiolo su padre y volviéndose a ella, la tranquilizó con ademanes y sonrisas cariñosas, diciéndome:

—La pobrecita ha comprendido al instante que estamos hablando de la guerra. Esto le causa un terror extraordinario.

La enferma tenía delante de sí en una mesilla de pino un gran pliego de papel con pluma y tintero. La escritura servía a padre e hija de medio de comunicación.

Nomdedeu, tomando la pluma escribió:

—Hija mía, no tengas miedo. Hablábamos de las bandadas de palomas que vio ayer Andresillo en Pedret. Dice que mató todas las que quiso y que te traerá un par esta tarde. No, no temas, hija mía, no volverá a haber más sitios en Gerona. Si se ha concluido la guerra. Pues qué, ¿no lo sabías? Esas noticias ha traído el señor Andresillo. Verdad que se me había olvidado decírtelo. Estamos en paz. Veremos si mañana puedes salir a dar un paseo por Mercadal. La semana que entra iremos a Castellà. Dice nostramo Mansió que están los rosales tan cargados de rosas... ¿Pues y los cerezos? Este año habrá tanta cereza, que no sabremos qué hacer de ella. He mandado que pongan dos colmenas más, y parece que dentro de un mes la vaca tendrá su cría. A la gallina pintada se le ha puesto una buena echadura con seis o siete huevos de pata. Dentro de diez días los sacará a todos, y dará gusto ver a esa familia.

Luego que esto escribió, volviose a mí el señor don Pablo, y procurando disimular su aflicción, me dijo:

—De este modo la voy engañando, para arrancar su ánimo a la tristeza. Si ella supiera que mi casa de campo con todas las plantas y los animalitos que allí tenía no existe ya... Los franceses no han dejado piedra sobre piedra. ¡Pobre de mí! Rodeado de desastres, amenazado como todos los gerundenses de los horrores de la guerra, del hambre y de la miseria, tengo que fingir junto a esta niña infeliz un bienestar y una paz que está muy lejos de nosotros, y he de ocultar la amargura de mi corazón destrozado, mintiendo como un histrión. Pero así ha de ser. Tengo la convicción de que si mi hija llegase a conocer la situación en que nos encontramos y tuviese conocimiento del bombardeo y de las escaseces que nos amagan, su muerte sería inmediata; y quiero prolongarle la vida todo el tiempo que me sea posible, porque confío en que si algún día Dios y San Narciso resuelven poner fin a las desgracias de esta ciudad, podré salir de Gerona y llevarla a disfrutar la vida del campo, única medicina que la aliviará.

Josefina al concluir de leer el papel, movió tristemente la cabeza en señal de incredulidad, y luego dijo:

—Pues marchémonos mañana a Castellà.

—Este sí que es apuro —me dijo Nomdedeu, tomando la pluma para contestar a su hija—. ¿Qué le voy a decir?

Pero sin detenerse escribió:

—Hija mía, ten un poco de paciencia. El tiempo que parece bueno, está muy malo, y mañana ha de llover. Yo lo conozco por lo que dicen mis libros. Además tengo que hacer en el hospital durante algunos días.

Entonces la enferma, que sin duda se fatigaba hablando o no tenía gusto en pronunciar palabras que no oía, tomó también la pluma, y con rapidez nerviosa trazó lo siguiente:

—Andrés estaba hablando de batallas.

—No, no, corazón mío —repuso el padre, acentuando su negativa con risas y ademanes festivos.

—¡No, no, señorita Josefina! —exclamé yo a gritos, pues es costumbre instintiva alzar la voz delante de los sordos, aun sabiendo que estos no pueden oír.

—Precisamente —escribió don Pablo— ahora me estaba diciendo que le van a dar licencia, porque ya no se necesitan soldados. Hija mía, esta tarde vendrán aquí algunos amigos para que bailen la sardana y te distraigan un rato. ¿Por qué no sigues tu lectura?

Y luego puso en manos de su hija un tomo, que era la primera parte del *Quijote*, el cual abrió ella por donde lo tenía marcado, comenzando a leer tranquilamente.

III

Nomdedeu llevándome junto a la ventana, me dijo:

—La idea de la guerra y del bombardeo le causa mucho horror. Es natural que así sea, puesto que de una fuerte y dolorosa impresión de miedo proviene su desorden nervioso y la pasión de ánimo que la tiene en tan lamentable estado. En el segundo sitio, amigo Andrés, puedo decir que perdí a mi querida niña, único consuelo mío en la tierra. Ya sabes que llegó aquí el bárbaro Duhesme a mediados de Julio del año pasado, cuando dijo aquellas arrogantes palabras: *El 24 llego, el 25 la ataco, la tomo el 26 y el 27 la arraso.* Hombre que tales bravatas decía, igualándose a César, era forzosamente un necio. Llegó en efecto, y atacó, pero no pudo tomar ni arrasar cosa alguna, como no fuese su propia soberbia, que quedó por tierra ante esos muros. Tenía 9.000 hombres, y aquí dentro apenas pasaban de 2.000, con los paisanos que se habían armado a toda prisa. Duhesme puso cerco a la plaza, y abiertas trincheras entre Monjuich y los fuertes del Este y Mercadal, el 13 empezó a bombardearnos sin piedad. El 16 intentaron asaltar el Monjuich, pero sí... para ellos estaba. El regimiento de Ultonia lo defendía... Pero voy a mi objeto. Como te iba diciendo, mi pobre niña perdió el sosiego, y su espanto la tenía en vela de día y de noche, cuyo estado de excitación, junto con la resistencia a tomar alimento, la puso a punto de morir. Figúrate mi pena y la de mi sobrino. Porque he de advertirte que yo tenía un sobrino llamado Anselmo Quixols, hijo de mi hermana doña Mercedes, residente en La-Bisbal.

»No sé si sabrás que mi hermana y yo teníamos concertado casar a Anselmo con Josefina, enlace que era muy agradable a entrambos muchachos, porque desde algunos meses antes habían gastado algunas manos de papel en escribirse cartas, y díchose mil amorosas palabras en honesto lenguaje. Entonces vivíamos en la calle de la Neu, muy cerca de la plaza. El día 15 habíamos bajado al portal, donde nos creíamos más seguros del bombardeo, y estábamos comiendo en compañía de Anselmo, que por breve rato dejó el servicio para venir a informarse de nuestra situación. ¡Ay, amigo Andrés! ¡Qué día, qué momento! Una bomba penetró por el techo, atravesó el piso alto, y horadando las tablas cayó en el bajo, donde al estallar con horrible estruendo causó espantosos estragos. Anselmo quedó muerto en el acto atravesado el pecho por un casco, mi fámulo fue mortalmente herido, y la señora Sumta también aunque sin gravedad. Yo recibí un golpe, y solo mi hija quedó aparentemente ilesa; pero ¡qué trastorno en su organismo!, ¡qué desquiciamiento, qué horrible perturbación en su pobre alma! La horrenda explosión, el súbito peligro, la muerte de su primo y futuro esposo, a quien recogimos del suelo en el momento de expirar, el riesgo que corríamos con el incendio de la casa hirieron con golpe tan rudo su naturaleza endeble y resentida, que desde entonces mi hija, aquella muchacha amable, graciosa y discreta dejó de existir, y en su lugar dejome el cielo esta desvalida y lastimosa criatura, cuyos padecimientos más me duelen a mí que a ella propia; esta vida que se me va aniquilando entre el dolor y la melancolía, sin que nada puede reanimarla. En el primer momento de la catástrofe, Josefina se quedó como si hubiera perdido la razón. A pesar de nuestros esfuerzos por sujetarla, salió corriendo a la calle, y sus lamentos dolorosos detenían al pasajero y contristaban al invencible soldado. Seguímosla, y llamándola sin cesar con las palabras más cariñosas, intentábamos llevarla a sitio seguro donde se tranquilizase, pero Josefina no nos oía. En su cerebro agitado por hirviente excitación reinaba el silencio absoluto.

»Yo creí que no sobreviviría a aquel trastorno; pero ¡ay, Andresillo!, vive gracias a mis cuidados, a mi vigilante y previsor estudio por salvarla. Ha permanecido en cama todo el invierno. Ya ves cómo está. ¿Vivirá? ¿Alargará sus tristes días hasta el verano? ¿Podrá salir de Gerona dentro de algunos meses, si resistimos el asedio y se van los franceses? ¿Qué suerte nos destina Dios en los días que vienen? ¡Pobre niñita mía! Inocente y débil, sufrirá los horrores del sitio tal vez mejor que nosotros los fuertes. No sé qué daría porque esta situación terminara pronto, permitiéndome salir una temporada de campo con mi pobre enferma Pero figúrate lo que dirían de mí, si ahora escapase de Gerona. No lo quiero pensar. Me llamarían cobarde y mal patriota. En verdad, muchacho, que no sé cuál de estos dos calificativos me lastima más. ¡Cobarde o mal patriota! No... aquí, señor de Nomdedeu, señor médico del hospital, aquí, en Gerona, al pie del cañón, con la venda en una mano y el bisturí en la otra para cortar piernas, sacar balas, vendar llagas y recetar a calenturientos y apestados. Vengan granadas y bombas... Puede que se muera mi hija; puede que la débil luz de esta lamparita se apague, no solo por falta de aceite, sino por falta de oxígeno; morirá de terror, de consunción física, de hambre; pero ¡qué vamos a hacer! Si Dios lo dispone así...

Diciendo esto, don Pablo, vuelto hacia los cristales del balcón, se limpiaba las lágrimas con un pañuelo encarnado tan grande como una bandera.

IV

Por la noche, después de hacer la guardia en la Torre Gironella, volví a mi alojamiento y me encontré con una novedad. Pichota había parido, sí, señores, y la familia de que orgullosamente me consideraba jefe, estaba aumentada con tres criaturas, a las cuales era preciso mantener. No sé si he hablado a ustedes de Pichota, hermosa gata parda con manchas, a quien los tres muchachos profesaban un amor sin límites. Perdóneseme el descuido por no haberla mencionado antes, y ahora solo falta decir que al ver los tres retoños que nos había regalado, dije a Siseta:

—Es preciso que dos de estos caballeritos sean arrojados al Oñá, porque no estamos para mantener a tanta gente. Luego que acaben de mamar, será preciso una ración diaria para alimentarlos, y dicen que vamos a andar escasos.

—Déjalos, hombre —me respondió—. Dios dará para todos, y si no que se lo busquen ellos mismos. No faltará qué comer en Gerona. Los *cerdos* no se meterán con ustedes, y hasta me parece que no se atreverán a asomar las narices por acá.

—¿Quia, qué se han de atrever? —exclamé yo con festiva ironía—. Nos tienen mucho miedo. Sube conmigo a la Torre Gironella, y verás los mosquitos que andan allá por Levante y Mediodía. Franceses en San-Medir, Montagut y Costa-Roja, franceses en San Miguel y en los Ángeles, y por variar, franceses en Montelibi, Pau y el llano de Salt. Ya verás, prenda mía. Aquí somos seis mil quinientos hombres que no bastan para empezar y tenemos unas murallitas... ¡qué obras, válgame Dios! Da miedo verlas. Figúrate que cuando los lagartos corren por entre las piedras, estas se mueven y dan unas contra otras. No se puede hablar recio junto a ellas, porque con el estremecimiento del sonido, se caen de su sitio. En fin, yo no sé lo que va a pasar cuando abran batería los franceses y empiecen a bombardearnos.

La señora Sumta, ama de gobierno de don Pablo Nomdedeu, que solía bajar a darnos conversación en sus ratos de ocio, metió su hocico en nuestro diálogo, diciendo:

—Tiene razón Andrés. Las murallas de los fuertes parecen una almendrada hecha con azúcar sin punto. Mi difunto esposo, que de Dios goce, y que hizo la campaña del Rosellón contra la República de los *cerdos,* me decía varias veces: «Si no fuera porque está allí San Fernando de Figueras con sus murallas de diamante, y aquí los gerundenses con sus corazones de acero, todas las plazas del Ampurdán caerían en poder de cualquier atrevido que pasase la frontera.» En fin, lo de menos será la piedra, con tal que haya hombres de pecho y un buen español que sepa mandarlos. ¿Y qué me dice usted, señor Andresillo, de ese encanijado gobernador que nos han puesto?

—Don Mariano Álvarez de Castro. Este fue el que no quiso entregar a los franceses el Monjuich de Barcelona. Dicen que es hombre de mucho temple.

—Pues no lo parece —repuso la señora Sumta—. Cuando nos mandaron acá este sujeto en febrero y le vi, al punto lo diputé por poca cosa. ¡Qué se puede esperar de quien no levanta tanto así del suelo! El otro día pasó junto a mí, y... créalo usted, no me llega al hombro. El tal don Mariano Álvarez de

Castro me serviría de bastón. ¿Le ha visto usted la cara? Es amarillo como un pergamino viejo, y parece que no tiene sangre en las venas. ¡Qué hombres los del día! Quien conoció a aquel general Ricardos, que no cabía por esa puerta, con un pecho y una espalda... Daba gusto ver su cara redondita y sus carrillos como clavellinas...

—Señora Sumta —dije riendo—, cuando los generales tengan un oficio semejante al de las amas de cría, entonces se podrá renegar de los que sean flacos y encanijados.

—No, Andresillo, no digo eso —repuso la matrona—. Lo que digo es que sin presencia no se puede mandar. Considera tú: cuando una ve a doña Lucía Fitz-Gerard, coronela del batallón de Santa Bárbara; cuando una ve aquellas carnes, aquel andar imponente, dan ganas de correr tras ella a matar franceses. Pero dime, Siseta: ¿no estás tú afiliada en el batallón de Santa Bárbara?

—Yo, señora Sumta, no sirvo para eso —repuso mi futura esposa—. Tengo miedo a los tiros.

—Es que nosotras no hacemos fuego, hija mía, al menos mientras estén vivos los hombres. Llevar municiones, socorrer a los heridos, dar agua a los artilleros, y si se ofrece, ir aquí o allí con una orden del general; esta será nuestra ocupación. Ya les he dicho que cuenten conmigo para todo, para todo, aunque sea para llevar la bandera del batallón. De veras te digo, Andresillo, que es gran lástima no tener mejores murallas y un general menos amarillo y con algunos dedos más de talla.

Yo me reía de las cosas de la señora Sumta, mujer tan amable como entrometida, y lejos de enojarme sus barrabasadas, nos causaban sumo gusto a Siseta y a mí, mayormente al ver que en sus visitas, el ama de gobierno de don Pablo Nomdedeu no bajaba nunca sin traer algún condumio para los huérfanos. A eso de las nueve se despidió para regresar a su alojamiento, y entonces nos dijo:

—Ya la señorita ha de estar acostada. El señor acaba de entrar, y ahora estará escribiendo su *Diario de todos los días,* uno al modo de libro de coro, donde va apuntando lo que le pasa. ¡Ay!, el amo confía que la niña se curará, y yo, sin ser médico, digo y aseguro que si alarga hasta que caigan las hojas, será mucho alargar... Ahora estamos empeñados en hacerle creer que la semana que viene iremos a Castellà. Sí, ¡buena temporada de campo nos espera! Bombas y más bombas. La niña no se ha de enterar de nada, y el amo dice que aunque arda la ciudad toda y caigan a pedazos todas las casas, Josefina no lo ha de conocer. Pues digo, si los *cerdos* aprietan el cerco como se dice, y escasean los víveres... Pero el amo tampoco quiere que la niña comprenda que escasean las vituallas. Si tenemos hambre, capaz es mi señor don Pablo de cortarse un brazo y aderezar un guisote con él, haciendo creer a la enferma que tenemos aquel día pierna de carnero. Bueno va, bueno va. Adiós, Siseta, adiós, Andrés.

Cuando nos quedamos solos dije a mi futura, mirando a los gatillos:

—Sálvense los tres infantes de España. Si hay hambre en Gerona la carne de gato dicen que no es mala. ¡Ay, Siseta de mi corazón! ¡Cuándo nos veremos fuera de estas murallas! ¡Cuándo se acabará esta maldita guerra! ¡Cuándo estaremos tú y yo con los muchachos, Pichota y sus niños, camino de la Almunia de Doña Godina! ¿Estará de Dios que no nos sentaremos a la sombra de mis olivos mirando a las ramas para ver cómo va cuajando la aceituna?

Hablando de este modo me engolfaba en tristes presagios; pero Siseta, con sus observaciones impregnadas de sentimiento cristiano, daba cierta serenidad celeste a mi espíritu.

V

El 13 de Junio, si no estoy trascordado, rompieron los franceses el fuego contra la plaza, después de intimar la rendición por medio de un parlamentario. Yo estaba en la Torre de San Narciso, junto al barranco de Galligans, y oí la contestación de don Mariano, el cual dijo que recibiría a metrallazos a todo francés que en adelante volviese con embajadas.

Estuvieron arrojando bombas hasta el día 25, y quisieron asaltar las torres de San Luis y San Narciso, que destrozaron completamente, obligándonos a abandonarlas el 19. También se apoderaron del barrio de Pedret, que está sobre la carretera de Francia, y entonces dispuso el gobernador una salida para impedir que levantasen allí baterías. Pero exceptuando la salida y la defensa de aquellas dos torres no hubo hechos de armas de gran importancia hasta principios de Julio, cuando los dos ejércitos principiaron a disputarse rabiosamente la posesión de Monjuich. Los franceses confiaban en que con este castillo tendrían todo. ¿Creerán ustedes que solo había dentro del recinto 900 hombres, que mandaba don Guillermo Nash? Los imperiales habían levantado varias baterías, entre ellas una con veinte piezas de gran calibre, y sin cesar arrojaban bombas a los del castillo, que rechazaron los asaltos con obuses cargados con balas de fusil. Por cuatro veces se echaron los *cerdos* encima, hasta que en la última dijeron «ya no más» y retiraron, dejando sobre aquellas peñas la bicoca de dos mil hombres entre muertos y heridos. No puedo apropiarme ni una parte mínima de la gloria de esta defensa porque la estuve presenciando tranquilamente desde la torre Gironella...

En todo el mes de Julio siguieron los franceses haciendo obras para aproximarse a la plaza, y viendo que no la podían tomar a viva fuerza, ponían su empeño en impedir que nos entraran víveres, de cuyo plan comenzaron a resentirse los ya alarmados estómagos.

En casa de Siseta, sin reinar la abundancia, no se pasaba mal, y con lo que yo les llevaba, unido a los frecuentes regalos del señor don Pablo Nomdedeu, iban tirando los habitantes todos de la cerrajería. Verdad que yo me quedaba los más de los días mirando al cielo para darles a ellos lo mío; pero el militar con un bocado aquí y otro allí se mantiene, sostenido también por el espíritu, que toma su sustancia no sé de dónde. Yo tenía un placer inmenso, al retirarme a descansar unas cuantas horas o simplemente unos cuantos minutos nada más, en ver cómo trabajaba Siseta en su casa, arreglando por puro instinto y nativo genio doméstico, aquello que no tenía arreglo posible. Los platos rotos eran objeto de una escrupulosa y diaria revisión, y la vajilla más perfecta no habría sido puesta con mejor orden ni con tan brillante aparato. En las alacenas donde no había nada que comer, mil chirimbolos de loza y lata, que fueron en sus buenos tiempos bandejas, escudillas, soperas y jarros, aguardaban los manjares a que los destinó el artífice, y los muebles desvencijados que apenas servían para arder en una hoguera de invierno, adquirieron inusitado lustre con el tormento de los diarios lavatorios y friegas a que la diligente muchacha los sujetaba.

—Mira, prenda mía —le decía yo— se me figura que no vendrá ninguna visita. ¿A qué te rompes las manos contra esa caoba carcomida y ese pino apolillado que no sirve ya para nada? Tampoco viene al caso la deslumbradora blancura de esas cortinas desgarradas, y de esos manteles, sobre los cuales, por desgracia, no chorreará la grasa de ningún pavo asado.

Yo me reía, y hasta aparentaba burlarme de ella; pero entretanto una secreta satisfacción ensanchaba mi pecho al considerar las eminentes cualidades de la que había elegido para compañera de mi existencia. Un día, después de hablar de estas cosas, subí a visitar al señor Nomdedeu y encontrele sumamente inquieto al lado de su hija, que seguía leyendo el *Quijote*.

—Andrés —me dijo dulcificando su fisonomía para disimular con los ojos lo que expresaban las palabras— principian a faltar víveres de un modo alarmante, y los franceses no dejan entrar en la plaza ni una libra de habichuelas. Yo estoy decidido a comprar todo lo que haya, a cualquier precio, para que mi hija no carezca de nada; pero si llegan a faltar los alimentos en absoluto ¿qué haré?, he reunido bastantes aves; pero dentro de un par de semanas se me concluirán. Las pobres están tan flacas que da lástima verlas. Amigo, ya sabes que desde hoy empezamos a comer carne de caballo. ¡Bonito porvenir! Álvarez dice que no se rendirá, y ha puesto un bando amenazando con la muerte al que hable de capitulación. Yo tampoco quiero que nos rindamos... de ninguna manera; pero ¿y mi hija? ¿Cómo es posible que su naturaleza resista los apuros de un bloqueo riguroso? ¿Cómo puede vivir sin alimento sano y nutritivo?

La enferma arrojó el libro sobre la mesa, y al ruido del golpe volviose el padre, en cuya fisonomía vi mudarse con la mayor presteza la expresión dolorosa en afectada alegría.

En aquel momento trajo la señora Sumta la comida de la señorita, y esta, como viese un pan negro y duro, lo apartó de sí con ademán desagradable.

El padre hizo esfuerzos por reírse, y al punto escribió lo siguiente:

—¡Qué tonta eres! Este pan no es peor que el de los demás días, sino mucho mejor. Es negro porque he mandado al panadero que lo amasase con una medicina que le envié y que te hará muchísimo provecho.

Mientras ella leía, él trinchaba un medio pollo, mejor dicho un medio esqueleto de pollo, sobre cuya descarnada osamenta se estiraba un pellejo amarillo.

—No sé cómo la convenceré de que tiene delante un bocado apetitoso —me dijo con dolor profundo, pero cuidando de conservar la sonrisa en los labios—. ¡Dios mío, no me desampares!

La señora Sumta que estaba detrás del sillón de la enferma, dijo a su amo:

—Señor, yo no quería decirlo; pero ello es preciso: de las cinco gallinas que quedaban se han muerto tres, y dos están enfermas.

—¿Es posible? ¡La Santa Virgen nos ayude! —exclamó el doctor, chupando los huesos del pollo para animar a su hija a que imitara tan meritoria abnegación—. ¡Con que se han muerto! Ya lo esperaba. Dicen que todas las aves del pueblo se están muriendo. ¿Ha ido usted a la plaza de las Coles a ver si hay alguna gallina fresca y gorda?

—No hay más que alambres, y algunos lechuzos que dan asco.

—¡Dios me tenga de su mano! ¿Qué vamos a hacer?

Y diciendo esto chupaba y rechupaba un hueso, saboreándolo luego con visajes de satisfacción, para ponderar de este modo a los ojos de la enferma la excelencia de aquella vianda. Pero Josefina, después de probar el seco animal, apartó el plato de sí con repugnancia. Don Pablo, sin detenerse a escribir, porque en su azoramiento y ansiedad faltábale la paciencia para recurrir a tan tardo medio, exclamó a gritos:

—¿Qué, no lo quieres? Pues está exquisito, delicioso. Algo flaco; pero ahora se usan los pollos flacos. Así lo prescribe la higiene, y los buenos cocineros jamás te ponen en el puchero un ave medianamente entrada en carnes.

Pero Josefina no oía, como era de esperar, y cerrando los ojos con desaliento, pareció más dispuesta a dormir que a comer. En tanto don Pablo levantábase, y paseando por el cuarto, cruzadas las manos y con expresión de terror en los ojos, no se cuidaba de disimular su desesperación.

—Andrés —me dijo— es preciso que me ayudes a buscar algo que dar a mi hija. Gallinas, patos, palomas; ¿se han concluido ya las aves de corral en Gerona?

—Todo se ha concluido —afirmó la señora Sumta con oficiosidad—. Esta mañana, cuando fui a la formación (pues yo pertenezco a la segunda compañía del batallón de Santa Bárbara) todos los militares se quejaban de la escasez de carnes, y la coronela doña Luisa dijo que pronto sería preciso comer ratones.

—¡Vaya usted al demonio con sus batallones y sus coronelas! ¡Comer animales inmundos! No, mi pobre enferma no carecerá de alimento sano. A ver: busquen por ahí... pagaré una gallina a peso de oro.

Luego volviéndose a mí, me dijo:

—Cuentan que se espera un convoy de víveres en Gerona, traído por el general Blake. ¿Has oído tú algo de esto? A mí me lo dijo el mismo intendente don Carlos Beramendi, aunque también se manifestó que dudaba pudiera llegar felizmente aquí. Parece que están en Olot con dos mil acémilas, y todo se ha combinado para que salga de aquí don Blas de Fournás con alguna fuerza, con objeto de distraer a los franceses. ¡Oh!, si esto ocurriera pronto y nos llegara harina fresca y alguna carne... Si no, dudo que nos escapemos de una horrorosa epidemia, porque los malos alimentos traen consigo mil dolencias que se agravan y se comunican con la insalubridad de un recinto estrecho y lleno de inmundicias. ¡Dios mío! Yo no quiero nada para mí; me contentaré con tomar en la calle un hueso crudo de los que se arrojan a los perros, y roerlo; pero que no falte a mi inocente y desgraciada enfermita un pedazo de pan de trigo y una hila de carne... Andrés ¡si vieras qué malos ratos paso en el hospital! El gobernador ha mandado que los mejores víveres que quedan se destinen a los soldados y oficiales heridos, lo cual me parece muy bien dispuesto, porque ellos lo merecen todo. Esta mañana estaba repartiéndoles la comida. ¡Si vieras qué perniles, qué alones, qué pechugas había allí! Tuve intenciones de escurrir bonitamente una mano por entre los platos y pescar un muslo de gallina, para metérmelo con disimulo en el bolsillo de la chupa y traérselo a mi hija. Estuve luchando un largo rato entre el afán que me dominaba y mi conciencia, y al fin, elevando el pensamiento y diciendo: «Señor, perdóname lo que voy hacer», me decidí a cometer el hurto. Alargué los dedos temblorosos, toqué el plato, y al sentir el contacto de la carne, la conciencia me dio un fuerte grito y aparté la mano; pero se me representó el estado lastimoso de mi niña y volví a las andadas. Ya tenía entre las garras el muslo, cuando un oficial herido me vio. Al punto sentí que la sangre se me subía a la cara, y solté la presa diciendo: «Señor oficial, no queda duda que esa carne es excelente y que la pueden ustedes comer sin escrúpulo...» Me vine a casa con la conciencia tranquila pero con las manos vacías. Y hablando de otra cosa, amigo Andrés, dicen que al fin se tendrá que rendir Monjuich.

—Así parece, señor don Pablo. El gobernador ha ofrecido premios y grados a los seiscientos hombres de don Guillermo Nash; pero con todo, parece que no pueden resistir más tiempo. Los que hay dentro del castillo ya no son hombres, pues ninguno ha quedado entero, y si se sostienen una semana, es preciso creer que San Narciso hace hoy un milagro más prodigioso que el de las moscas, ocurrido seiscientos años ha.

—Esta mañana me dijeron que los del castillo no están ya para fiestas; pero que el gobernador señor Álvarez les manda resistir y más resistir, como si fueran de hierro los pobres hombres. Diecinueve baterías han levantado los franceses contra aquella fortaleza... con que figúrate el sin número de confites que habrán llovido sobre la gente de don Guillermo Nash.

—No necesito figurármelo, señor don Pablo —repuso— que todo eso lo tengo más que visto, pues la torre Gironella donde yo estoy, no tiene ninguna varita de virtudes para impedir que las bombas caigan sobre ella.

La enferma, levantándose de su asiento sin ser sentida, se acercó a nosotros.

—Hija mía —le dijo Nomdedeu con sorpresa y cariño a pesar de la certeza de no ser oído— tu disposición a andar me prueba que estás mucho mejor. Unos cuantos paseos por las afueras de la ciudad te pondrían como nueva. ¡Ay, Andrés! —añadió dirigiéndose a mí—, daría diez años de mi vida por poder dar diez paseos con mi hija por el camino de Salt. Por espacio de muchos meses ha permanecido en una postración lastimosa, y ahora su naturaleza, sintiéndose renacer, busca el movimiento y quiere sacudir la mortal somnolencia.

Josefina recorría la habitación con paso ligero, y sus mejillas se tiñeron de levísimo carmín.

—¡Oh, qué alegría! —exclamó don Pablo—. En todo un año no has andado tanto como en estos tres minutos. Mira, Andrés, cómo se le colorea el semblante. La sangre circula, los miembros adquieren soltura y brío, la apagada pupila brilla con nuevo ardor, y una respiración cadenciosa y enérgica sale del oprimido pecho.

Diciendo esto mi amigo abrazó y besó a su hija con entusiasmo.

—Aquí tienes, insigne Marijuán —prosiguió con júbilo— el resultado de mi sistema. Todos decían: «El señor don Pablo Nomdedeu, que es tan buen médico, no curará a su hija.» Y yo digo: «Sí, majaderos, el señor don Pablo Nomdedeu, que es un mal médico, curará a su hija.» Mi hija está mejor, mi hija está buena y con unos cuantos meses de temporada en Castellà...

La enferma, en efecto, manifestaba alguna animación. Al ver las demostraciones de su padre hizo y repitió enérgicos signos que no entendí. La falta de oído habíale quitado el hábito de expresarse por la palabra, adquiriendo con esto insensiblemente la rápida movilidad facial y manual de los sordo-mudos. Solo en casos de apuro y cuando no era comprendida, recurría instintivamente a poner en acción la lengua, exprimiendo las ideas con cierta oscuridad y siempre con rapidez y escasa armonía.

—Quiero vestirme —dijo agitando el guardapiés.

—¿Para qué, hija mía?

—¿No vamos esta tarde a Castellà? En el patio dos caballos... los he visto.

Nomdedeu hizo con la cabeza dolorosos signos negativos.

—Esos caballos —me dijo— son el mío y el del vecino don Marcos, que van al matadero.

Josefina corrió a la ventana que daba al patio, volviendo luego a nuestro lado.

—Quiero salir... calle —exclamó con vehemencia.

—Hija mía —dijo don Pablo, asociando los signos a las palabras— ya sabes que ha llovido. Están los pisos llenos de fango. No te sentará bien. Toma mi brazo y demos unos cuantos paseos, de la sala a la cocina y de la cocina a la sala.

Josefina mostró inmenso fastidio, y miró a la calle con desconsuelo.

—Aquí tienes un gran compromiso —me dijo el doctor, tirándose de un mechón de cabellos.

Josefina mirando afuera al través de los vidrios, exclamó:

—¡Qué precioso... el cielo!

—Es verdad —repuso el padre—. Pero... más vale que te sientes en tu silloncito. ¿Por qué no tomas alguna cosa? Mira... uno de estos bollitos.

Josefina corrió a su asiento y dejose caer en él, apartando con repugnancia las golosinas que le ofrecía su padre. Luego movió la cabeza a un lado y otro cerrando los ojos, y pronunciando estas palabras que caían sobre el corazón del padre como bombas en plaza sitiada.

—¡Guerra en Gerona!... ¡Otra vez guerra en Gerona!

Nomdedeu, sin atreverse a contradecirla habíase sentado junto a ella, y con la cabeza entre las manos lloraba como un chiquillo.

VI

A los dos días de acontecido esto, se rindió Monjuich. ¿Qué podían hacer aquellos cuatrocientos hombres que habían sido novecientos y que caminaban a no ser ninguno? El 12 de Agosto la guarnición del castillo se componía de unos trescientos o cuatrocientos hombres, sin piernas los unos, sin brazos los otros. Monjuich era un montón de muertos, y lo más raro del caso es que Álvarez se empeñaba en que aún podía defenderse. Quería que todos fuesen como él, es decir, un hombre para atacar y una estatua para sufrir; mas no podía ser así, porque de la pasta de don Mariano Dios había hecho a don Mariano, y después dijo: «basta, ya no haremos más.»

Se rindió el castillo, después de clavar los pocos cañones que quedaron útiles, y por la tarde de aquel día vimos desfilar a la que había sido guarnición, marchando la mayor parte al hospital. Todos quisimos ver a Luciano Aució, el tambor que después de haber perdido una pierna entera y verdadera, siguió mucho tiempo señalando con redobles la salida de las bombas; pero Luciano Aució había muerto sacudiendo el parche mientras tuvo los brazos pegados al cuerpo. Daba lástima ver a aquella gente, y yo le dije a Siseta que había ido con los tres chicos a la plaza de San Pedro: —Como estos medios hombres estaré yo dentro de poco, Siseta, porque ya que acabaron con Monjuich, ahora la van a emprender con la torre Gironella, cuyas murallas no se han caído ya... por punto.

Los franceses no esperaron al día siguiente para combatir la ciudad, que se les venía a la mano, una vez que tenían la gran fortaleza, y desde la misma noche empezaron a levantar baterías por todos lados. Tanta prisa se dieron que en pocos días alcanzamos a ver muchísimas bocas de fuego por arriba, por abajo, por la montaña y por el llano, contra la muralla de San Cristóbal y puerta de Francia. El gobernador, que harto conocía la flaqueza de aquellas murallas de mazapán, dispuso que se ejecutaran obras como las de Zaragoza, cortaduras por todos lados, parapetos, zanjas y espaldones de tierra en los puntos más débiles.

Las mujeres y los ancianos trabajaron en esto, y yo me llevé a la plaza de San Pedro a mis tres chiquillos, que metían mucho ruido sin hacer nada. Por la noche regresaron a su casa, completamente perdidos de suciedad y con los vestidos hechos jirones.

—Aquí te traigo estos tres caballeros —dije a Siseta— para que los repases.

Ella se enojó, viéndoles tan derrotados, y quiso pegarles; pero yo la contuve diciendo:

—Si han ido al trabajo, fue porque así lo ordenó el gobernador don Mariano Álvarez de Castro. Son los tres muy buenos patriotas, y si no es por ellos, creo que no se hubiera acabado hoy la cortadura que cierra el paso de la calle de la Barca. ¿Ves? Esa arroba de fango que tiene Gasparó en la cabeza, es porque quiso meter también sus manos en harina, y subiendo al parapeto, rodó después hasta el fondo de la zanja, de donde le sacaron con una azada.

Siseta al oír esto, empezó a solfearle en cierta parte, encareciéndole con enérgicas palabras la conveniencia de que no tomase parte en las obras de fortificación.

—¿Ves este verdugón que tiene Manalet en el carrillo y en la sien derecha? —proseguí librando a Gasparó de las justicias de su hermana—. Pues fue porque se acercó demasiado al gobernador cuando este iba con el intendente y toda la plana mayor a examinar las obras. Estas criaturitas, no contentas con verle de cerca, se metían en el corrillo, enredándose entre las piernas de don Mariano en términos que no le dejaban andar. Un ayudante las espantaba; pero volvían como las moscas de San Narciso, hasta que al fin, cansados del juego, los oficiales empezaron a repartir bofetones, y uno de ellos le cayó en la cara a tu hermano Manalet.

—¡Ay, qué chicos estos! —exclamó Siseta—. Todos desean que se acabe el sitio para poder vivir, y yo quiero que se acabe para que haya escuela.

Entre tanto los tres patriotas volvían a todas partes sus ardientes ojos, en cuya pupila resplandecía el rayo de una vigorosa y exigente vida; miraban a su hermana y me miraban a mí, atendiendo principalmente a los movimientos de mis manos, por ver si me las llevaba a los bolsillos.

—Siseta —dije— ¿no hay nada que comer? Mira que estos tres capitanes generales me quieren tragar con los ojos. Y verdaderamente, cómo han de servir a la patria, si no se les pone algún peso en el cuerpo.

—No hay nada —dijo la muchacha suspirando tristemente—. Se ha concluido lo que tú trajiste la semana pasada, y hace dos días que la señora Sumta no me da la más mínima hora, porque parece que arriba faltan también las provisiones. ¿Nos traes algo esta noche?

Por única respuesta, fijé la vista en el suelo, y durante largo rato guardamos todos profundo silencio, sin atrevernos a mirarnos. Yo no llevaba nada.

—Siseta —dije al fin—. La verdad, hoy no he traído cosa alguna. Sabes que no nos dan más que media ración, y yo había tomado adelantadas dos o tres diciendo que eran para un enfermo. Esta mañana me dio un compañero un pedazo de pan y... ¿para qué negártelo?... tenía tanta hambre que me lo comí.

Felizmente para todos, bajó la señora Sumta trayendo algunos mendrugos de pan y otros restos de comida.

VII

Así pasaban muchos días, y a los males ocasionados por el sitio, se unió el rigor de la calorosa estación para hacernos más penosa la vida. Ocupados todos en la defensa, nadie se cuidaba de los inmundos albañales que se formaban en las calles, ni de los escombros, entre cuyas piedras yacían olvidados cadáveres de hombres y animales; ni por lo general, la creciente escasez de víveres preocupaba los ánimos más que en el momento presente. Todos los días se esperaba el anhelado socorro y el socorro no venía. Llegaban, sí, algunos hombres, que de noche y con grandes dificultades se escurrían dentro de la plaza; pero ningún convoy de vituallas apareció en todo el mes de agosto. ¡Qué mes, Santo Dios! Nuestra vida giraba sobre un eje cuyos dos polos eran batirse y no comer. En las murallas era preciso estar constantemente haciendo fuego, porque siendo escasa la guarnición, no había lugar a relevos, además de que el gobernador, como enemigo del descanso, no nos dejaba descabezar un mal sueño. Allí no dormían sino los muertos.

Este continuado trabajo hizo que durante aquel mes aciago estuviese hasta ocho días sin ver a mis queridos niños y a Siseta, los cuales me juzgaron muerto. Cuando al fin los vi, casi les fue difícil reconocerme en el primer instante; tal era mi extenuación y decaimiento a causa de las grandes vigilias, del hambre y el continuo bregar.

—Siseta —le dije abrazándola— todavía estoy vivo aunque no lo parezca. Cuando recuerdo el enorme número de compañeros míos que han caído para no volverse a levantar, me parece que mi pobre cuerpo está también entre los suyos, y que esto que va conmigo es una fantasma[4] que dará miedo a la gente. ¿Cómo va por aquí de alimentos?

—Con el dinero que me quedaba de lo que tú me diste hemos comprado alguna carne de caballo. De arriba nos envían algo, porque la señorita enferma no quiere comer de estos platos que ahora se usan. El señor Nomdedeu parará en loco, según yo veo, y ayer estuvo aquí todo el día rellenando de paja dos pieles de gallina, con lo cual hace creer a su hija que ha recibido aves frescas de la plaza. Después le da carne de caballo, y echándole discursos escritos le hace comer unas tajaditas. La señora Sumta salió ayer con su fusil y volvió diciendo que había matado no sé cuántos franceses. Los tres chicos no me han dejado respirar en estos ocho días. ¿Querrás creer que ayer se subieron al tejado de la catedral, donde están los dos cañones que mandó poner el gobernador? Yo no sé por dónde subieron, mas creo que fue por los techos del claustro. Lo que no creerás es que Manalet vino ayer muy orgulloso porque le había rozado una bala el brazo derecho, haciéndole una regular herida, por lo cual traía un papel pegado con saliva encima de la rozadura. Badoret cojea de un pie. Yo quiero detener al pequeño; pero siempre se escapa, marchándose con sus hermanos, y ayer trajo un pedazo de bomba como media taza, llena de granos de arroz que recogió en medio del arroyo... Y tú ¿qué has oído? ¿Es cierto que vienen socorros por la parte de Olot? El señor Nomdedeu no piensa más que en esto, y por las noches cuando siente algún ruido en las calles, se levanta y

---

4   En Cataluña durante la invasión llamaban a los franceses *porchs*. (N. del A.)

asomándose por el ventanillo del patio, dice: «Vecinita, esa gente que pasa me parece que ha hablado de socorro.»

—Lo que yo te puedo decir, Siseta, es que esta noche a la madrugada sale alguna tropa de aquí por la ermita de los Ángeles, y se dice que va a entretener a los franceses por un lado mientras el convoy entra por otro.

—Dios quiera que salga bien.

Esto decíamos, cuanto se sintió fuerte ruido de voces en la calle. Abrí al punto la puerta, y no tardé en encontrar algunos compañeros, que alojados en las casas inmediatas salieron al oír el estruendo de carreras y voces. La señora Sumta se presentó también a mi vista, fusil al hombro, y con rostro tan placentero cual si viniese de una fiesta.

—Ya tenemos ahí los socorros —dijo la matrona, descansando en tierra el fusil con marcial abandono.

Al punto apareció en la ventana alta el busto del señor Nomdedeu, quien sin poder contener su alegría gritaba:

—¡Ya ha llegado el socorro! ¡Albricias, pueblo gerundense! Señora Sumta, suba usted a informarme de todo. ¿Pero ha entrado ya el convoy? Traiga usted inmediatamente todo lo que encuentre a cualquier precio que lo vendan.

Un soldado, amigo y compañero mío, nos dijo:

—Todavía no ha entrado el convoy en la plaza, ni sabemos cuándo ni por dónde entrará.

—Lo cierto es que hacia el lado de Bruñolas se siente un vivo fuego, y es que por allí don Enrique O'Donnell se está batiendo con los franceses.

—También se oye tiroteo por los Ángeles, donde dicen que está Llauder. El convoy entrará por el Mercadal, si no me engaño.

—Señora Sumta —dijo don Pablo desde la ventana— suba usted a acompañar a mi hija mientras yo voy a enterarme de lo que ocurre; pero deje usted fuera esos arreos militares y póngase el delantal y la escofieta. Entre tanto, encienda el fuego, ponga agua en los pucheros, que si usted va por los víveres yo mondaré luego las seis patatas que compré hoy y haré todo lo demás que sea preciso en la cocina.

Estas conferencias no se prolongaron mucho tiempo, porque tocaron llamada y corrimos a la muralla, donde tuvimos la indecible satisfacción de oír el vivo fuego de los franceses, atacados de improviso a retaguardia por las tropas de O'Donnell y de Llauder. Para ayudar a los que venían a socorrernos se dispararon todas las piezas, se hizo un vivo fuego de fusilería desde todas las murallas, y por diversos puntos salimos a hostigar a los sitiadores, facilitando así la entrada del convoy. Por último, mientras hacia Bruñolas se empeñaba un recio combate en que los franceses llevaron la peor parte, por Salt penetraron rápidamente dos mil acémilas, custodiadas por cuatro mil hombres a las órdenes del general don Jaime García Conde.

¡Qué inmensa alegría! ¡Qué frenesí produjo en los habitantes de Gerona la llegada del socorro! Todo el pueblo salió a la calle al rayar el día para ver las mulas, y si hubieran sido seres inteligentes aquellos cuadrúpedos, no se les habría recibido con más cariñosas demostraciones, ni con tan generosa salva de aplausos y vítores. Al pasar por la calle de Cort-Real, ya entrado el día, encontré a Siseta, a los tres chicos y a don Pablo Nomdedeu, y todos nos abrazamos, comunicándonos nuestro gozo más con gestos que con palabras.

—Gerona se ha salvado —decíamos.

—Ahora que aprieten los *cerdos* el cerco —exclamó don Pablo—. ¡Dos mil acémilas! Tenemos víveres para un año.

—Bien decía yo —añadió Siseta— que por alguna parte había de venir.

Aquel día y los siguientes reinó en la plaza gran satisfacción, y hasta nos hostilizaron flojamente los franceses, porque detuviéronse algunos días en ocupar las posiciones que habían abandonado a causa de la jugarreta que se les hizo. En cuanto a los auxilios, pasada la impresión del primer instante, todos caímos en la cuenta de que los mismos que nos los habían traído nos los quitarían, porque reforzada la guarnición con los cuatro mil hombres de Conde, estos nos ayudaban a consumir los víveres. ¡Funesto dilema de todas las plazas sitiadas! Pocas bocas para comer dan pocos brazos para pelear. Muchos brazos traen muchas bocas, de modo que si somos pocos nos vence el arte enemigo; si muchos nos vence el hambre. Sobre esta contradicción se funda verdaderamente todo el arte militar de los sitios.

Así lo decía yo a don Pablo pocos días después de la llegada de las dos mil acémilas, anunciándole que bien pronto nos quedaríamos otra vez en ayunas, a lo cual me contestó:

—Yo he hecho grandes provisiones. Pero si el sitio se prolonga mucho, también se me concluirán. Ahora, según dicen, Álvarez tiene proyectado hacer un gran esfuerzo para quitarnos de encima esa canalla. Ya sabes que a fuerza de cañonazos han abierto brecha en Santa Lucía, en Alemanes y en San Cristóbal. De un día a otro intentarán el asalto. ¿Se podrá resistir, Andrés? Yo iré a la brecha como todos; pero ¿qué podremos hacer nosotros, infelices paisanos, contra las embestidas de tan fiero enemigo?

Desde aquellos días hasta el 15 de Septiembre en que don Mariano dispuso una salida atrevidísima, no se habló más que de los preparativos para el gran esfuerzo, y los frailes, las mujeres y hasta los chicos hablaban de las hazañas que pensaban realizar, peligros que soportar y dificultades que acometer, con tan febril inquietud y novelería, como si aguardasen una fiesta. Yo le dije a Siseta que era preciso se dispusiera a tomar parte con las de su sexo en la gran función; pero ella, que siempre se negó a calzar el coturno de las acciones heroicas, me contestó con risas y bromas que no servía para el caso, pero que si por fuerza la llevaban a la batalla, haría la prueba de matar algún francés con las tenazas de la herrería.

La salida del 15 no dio otro resultado que envalentonar a los señores *cerdos*, los cuales, deseosos de poner fin al cerco, tomando la ciudad, se nos echaron encima el día 19, asaltando la muralla por distintos puntos con cuatro fuertes columnas de a dos mil hombres. En Gerona fueron tan grandes aquella mañana el entusiasmo y la ansiedad, que hasta se olvidó aquella gente de que nuevamente nos faltaba un pedazo de pan que llevar a la boca.

Los soldados conservaban su actitud serena e imperturbable; pero en los paisanos se advertía una alucinación, una al modo de embriaguez, que no era natural antes del triunfo. Los frailes, echándose en grupos fuera de sus conventos, iban a pedir que se les señalase el puesto de mayor peligro; los señores graves de la ciudad, entre los cuales los había que databan del segundo tercio del siglo anterior, también discurrían de aquí para allí con sus escopetas de caza, y revelaban en sus animados semblantes la presuntuosa creencia de que ellos lo iban a hacer todo. Menos bulliciosos y más razonables que estos, los individuos de la Cruzada gerundense hacían todo lo posible para imitar en su reposada ecuanimidad a la tropa. Las damas del batallón de Santa Bárbara no se daban punto de reposo, anhelando probar con sus incansables idas y venidas que eran el alma de la defensa; los chicos gritaban mucho, creyendo que de este modo se parecían a los hombres, y los viejos, muy viejos, que fueran eliminados de la defensa por el gobernador, movían la cabeza con incrédula y desdeñosa expresión, dando a entender que nada podría hacerse sin ellos.

Las monjas abrían de par en par las puertas de sus conventos, rompiendo a un tiempo rejas y votos, y disponían para recoger a los heridos sus virginales celdas, jamás holladas por planta de varón, y algunas salían en falanges a la calle, presentándose al gobernador para ofrecerle sus servicios, una vez que el interés nacional había alterado pasajeramente los rigores del santo instituto. Dentro de las iglesias ardían mil velas delante de mil santos; pero no había oficios de ninguna clase, porque los sacerdotes, lo mismo que los sacristanes, estaban en la muralla. Toda la vida, en suma, desde lo religioso hasta lo doméstico, estaba alterada, y la ciudad no era la ciudad de otros días. Ninguna cocina humeaba, ningún molino molía, ningún taller funcionaba, y la interrupción de lo ordinario era completa en toda la línea social, desde lo más alto a lo más bajo.

Lo extraño era que no hubiera confusión en aquel desbordamiento espontáneo del civismo gerundense; pues tan grande como este era la subordinación. Verdad es que don Mariano sabía establecerla rigurosísima, y no permitía desmanes ni atropellos de ninguna clase, siendo inexorablemente enérgico contra todo aquel que sacara el pie fuera del puesto que se le había marcado.

Las campanas tocaban a somatén, ocupándose en el servicio los chicos del pueblo, por ausencia de los campaneros, y el cañón francés empezó desde muy temprano a ensordecer el aire. Los tambores recorrían las calles, repicando su belicosa música, y los resplandores de los fuegos parabólicos comenzaron a cruzar el cielo. Todo estaba perfectamente organizado, y cada uno fue derecho a su sitio, no necesitando preguntar a nadie cuál era. Sin que sus habitantes salieran de ella, la ciudad quedó abandonada, quiero decir que ninguno se cuidaba de la casa que ardía, del techo desplomado, de los hogares a cada instante destruidos por el horrible bombardeo. Las madres llevaban consigo a los niños de pecho, dejándoles al abrigo de una tapia, o de un montón de escombros, mientras desempeñaban la comisión que el instituto de Santa Bárbara les encomendara. Menos aquellas en que había algún enfermo, todas las casas estaban desiertas, y muebles y colchones, trapos y calderos en revuelto hacinamiento obstruían las plazas del Aceite y del Vino.

VIII

Yo estaba en Santa Lucía, donde había mucha tropa y paisanos. Allí me encontré a don Pablo Nomdedeu, que me dijo:

—Andrés, mis funciones de médico y mi deber de patriota me obligan a apartarme hoy de mi hija. Mucho he sermoneado a la señora Sumta para que se quedara en casa: pero ese marimacho me amenazó con denunciarme al gobernador como patriota tibio si persistía en apartarla de la senda de gloria por la cual la llevan los acontecimientos. Mírala; ahí está entre aquellos artilleros, y será capaz de servir sola el cañón de a 12 si la dejan. La buena Siseta se ha quedado acompañando a mi querida enfermita. Ya le he dicho que le haré un buen regalo si consigue entretener a la niña, de modo que esta no comprenda nada de lo que pasa. Es cosa difícil; pero como no oye ni los cañonazos... He clavado todas las ventanas para que no se asome, y dejando cerrada a la luz solar la habitación, he encendido el candil, haciéndole creer que hay una fuerte tempestad de truenos y rayos. Como no caiga una bomba allí mismo o en las inmediaciones, es probable que nada comprenda, engañada por el profundo y saludable silencio en que yace su cerebro. ¡Dios mío, aparta de mí las tribulaciones y libra mi hogar del fuego enemigo! ¡Si me has de quitar el único consuelo que tengo en la tierra, dale una muerte tranquila y no conturbes su último instante con la cruel agonía del espanto! ¡Si ha de ir al cielo, que vaya sin conocer el infierno, y que este ángel no vea demonios junto a sí en el momento de su muerte!

La señora Sumta, empujando a un lado y otro con sus membrudos brazos, llegó a nosotros, hablando así a su amo:

—¿Qué hace ahí, señor mío, como un dominguillo? ¿Pero no tiene fusil, ni escopeta, ni pistolas, ni sable? Ya... no lleva más que la herramienta para cortar brazos y piernas al que lo haya menester.

—Médico soy, y no soldado —repuso don Pablo—: mis arreos son las vendas y el ungüento, mis armas el bisturí, y mi única gloria la de dejar cojos a los que debían ser cadáveres. Pero si preciso fuere, venga un fusil, que curaré españoles con una mano y mataré franceses con la otra.

Teníamos por jefe en Santa Lucía a uno de los hombres más bravos de esta guerra, un irlandés llamado don Rodulfo Marshall, que había venido a España sin que nadie lo trajese y solo por gusto de defender nuestra santa causa. Aventurero o no, Marshall por lo valiente debía haber sido español. Era rozagante, corpulento, de semblante festivo y mirar encendido, algo semejante al de don Juan Coupigny que vimos en Bailén. Hablaba mal nuestra lengua; pero aunque alguna de sus palabrotas nos causaban risa, decíalas con la suficiente claridad para ser entendidas, y nada importaba que destrozara el castellano con tal que destrozase también a los franceses, como lo hizo en varias ocasiones.

Había que ver el empuje de aquellas columnas de *cerdos*, señores. No parecían sino lobos hambrientos, cuyo objeto no era vencernos, sino comernos. Se arrojaban ciegos sobre la brecha, y allí de nosotros para taparla. Dos veces entraron por ella dispuestos a echarnos de la cortina; pero Dios quiso que nosotros les echásemos a ellos. ¿Por qué? ¿De qué modo? Esto es lo que no sabré contestar a ustedes si me lo preguntan. Solo sé que a nosotros no se nos importaba nada morir, y con esto tal vez está dicho todo. Don Mariano se presentó allí, y no crean ustedes que nos arengó hablándonos de la gloria y de la causa nacional, del rey y de la religión. Nada de eso. Púsose en primera línea, descargando sablazos contra los que intentaban subir, y al mismo tiempo nos decía: «Las tropas que están detrás tienen orden de hacer fuego contra las que están delante, si estas retroceden un solo paso.» Su semblante ceñudo nos causaba más terror que todo el ejército enemigo. Como algún jefe le dijera que no se acercase tanto al peligro, respondió: «Ocúpese usted de cumplir su deber, y no se cuide tanto de mí. Yo estaré donde convenga.»

Marchose después a otro punto, donde creía hacer falta, y sin él nos aturdimos de nuevo. Aquel hombre traía consigo una luz milagrosa, que nos permitía ver mejor el sitio y medir nuestros movimientos y los de los franceses, para que estos no pudieran echársenos encima. Los soldados enemigos morían como moscas al pie de la brecha; pero de los nuestros caían también por docenas. Recuerdo que un compañero mío muy amado fue herido en el pecho y cayó junto a mí en uno de los momentos de mayor apuro, de más vivo fuego, de verdadera angustia y cuando un ligero esfuerzo de más o de menos por una parte u otra habría decidido si la muralla quedaba por Francia o por España. El desgraciado muchacho quiso levantarse, pero inútilmente. Dos monjas se acercaron, despreciando el fuego, y lo apartaron de allí.

Pero la pérdida más sensible fue la del jefe don Rodulfo Marshall. Tengo la gloria de haberle recogido en mis brazos en el mismo boquete de la brecha, y no se me olvidará lo que dijo poco después, tendido en la calle en el momento de expirar: «Muero contento por causa tan justa y por nación tan brava.»

Cuando esto pasó, ya los franceses indicaban haber desistido de entrar en la ciudad por aquella parte. Y hacían bien, porque estábamos cada vez más decididos a no dejarles entrar. Si a tiros no lográbamos contenerlos, los acuchillábamos sin compasión; y como esto no bastara, aún teníamos a la mano las mismas piedras de la muralla para arrojarlas sobre sus cabezas. Esta era un arma que manejaban las mujeres con mucho denuedo, y desde los contornos llovían guijarros de medio quintal sobre los sitiadores. Cuando la función en la muralla de Santa Lucía terminaba, no nos veíamos unos a otros, porque el polvo y el humo formaban densa atmósfera en toda la ciudad y sus alrededores, y el ruido que producían las doscientas piezas de los franceses vomitando fuego por diversos puntos, a ningún ruido de máquinas de la tierra ni de tempestades del cielo era comparable. La muralla estaba llena de muertos que pisábamos inhumanamente al ir de un lado para otro, y entre ellos algunas mujeres heroicas expiraban confundidas con los soldados y patriotas. La señora Sumta estaba ronca de tanto gritar, y don Pablo Nomdedeu, que había arrojado muchas piedras, tenía los dedos magullados; pero no por esto dejaba de cuidar a los heridos, ayudándole muchas señoras, algunas monjas y dos o tres frailes, que no valían para cargar un arma.

De pronto veo venir un chico que se me acerca haciendo cabriolas, saludándome desde lejos a gritos y esgrimiendo un palo en cuya punta flotaba el último jirón de su barretina. Era Manalet.

—¿Dónde has estado? —le pregunté—. Corre a tu casa, entérate de si tu hermana ha tenido novedad, y dile que yo estoy sano y bueno.

—Yo no voy ahora a casa. Me vuelvo a San Cristóbal.

—¿Y qué tienes tú que hacer allí, en medio del fuego?

—La barretina tiene tres balazos —me dijo con el mayor orgullo, mostrándome el gorro hecho trizas—. Cuando se quedó así la tenía puesta en la cabeza. No creas que estaba en el palo, Andrés. Después la he puesto aquí para que la gente la viera toda llena de agujeros.

—¿Y tus hermanos?

—Badoret ha estado en Alemanes, y ahora me dijo que él solo había matado no sé cuántos miles de franceses, tirándoles piedras. Yo estaba en San Cristóbal: un soldado me dijo que se le habían acabado las balas, y que le llevara huesos de guinda, y le llevé más de veinte, Andrés.

—¿Y Gasparó?

—Gasparó anda siempre con mi hermano Badoret. También estuvo en Alemanes, y aunque Siseta le quiso dejar encerrado en casa, él se escapó por la puerta de atrás. Ahora hemos estado juntos, buscando algo que comer en aquel montón de desperdicios que hay en la calle del Lobo; pero no encontramos nada. ¿Tienes algo, Andrés?

—Algo, ¿qué es eso? ¿Pues acaso queda algo que comer en Gerona? Aquí no se come más que humo de pólvora. ¿Has visto al gobernador?

—Ahora iba por ahí arriba. Parece como que va al Calvario. Nosotros bajábamos con otros chicos, y cuando le vimos, pusímonos en fila, gritando: «Viva Su Majestad el gobernador don Mariano.» ¡Pues querrás creer que no nos dijo tanto así! Ni siquiera nos miró.

—¡Hombre, qué falta de cortesía! ¡No saludar a gente tan respetable!

—Después Badoret se metió en las Capuchinas, porque estaba abierta la puerta. Andrés, ¿sabes que allí hay un soldado muerto que tiene un tronco de col en la mano? Si me das licencia se lo quitaré.

—No se toca a los muertos, Manalet. Veremos si ahora que hemos destrozado a los franceses, nos dan alguna cosa.

Infinidad de mujeres ocupábanse allí en retirar a los heridos, y también repartían a los sanos algunas raciones de pan negro y muy poco vino. Nosotros veíamos a los franceses, retirándose por el llano adelante, y no podíamos reprimir un sentimiento de ardiente orgullo al ver el resultado tan colosal con tan pequeños medios. Parecía realmente un milagro que tan pocos hombres contra tantos y tan aguerridos nos defendiéramos detrás de murallas cuyas piedras se arrancaban con las manos. Nosotros nos caíamos de hambre, ellos no carecían de nada; nosotros apenas podíamos manejar la artillería, ellos disparaban contra la plaza doscientas bocas de fuego. Pero ¡ay!, no tenían ellos un don Mariano Álvarez que les ordenara morir con mandato ineludible, y cuya sola vista infundiera en el ánimo de la tropa un sentimiento singular que no sé cómo exprese, pues en él había además del valor y la abnegación, lo que puede llamarse miedo a la cobardía, recelo de aparecer cobarde a los ojos de aquel extraordinario carácter. Nosotros decíamos que el yunque y el martillo con que Dios forjó el corazón de don Mariano no había servido después para hacer pieza alguna.

Manalet se separó de mí, y al poco rato le vi aparecer con otros muchos chicos, todos descalzos, sucios, harapientos y tiznados, entre los cuales venía su hermano Badoret, trayendo a cuestas a Gasparó, cuyos brazos y piernas colgaban sobre los hombros y por la cintura de aquel. Todos venían muy contentos, y especialmente Badoret que repartía algunas guindas a sus compañeros.

—Toma, Andrés —me dijo el chico dándome una guinda—. Ya tienes para todo el día. Toma esta otra y repártela entre tus compañeros, que tendrán un hambre... ¿Sabes cómo las he ganado? Pues te contaré. Iba yo con Gasparó a cuestas por la calle del Lobo, y vi abierta la puerta del convento de Capuchinas, que siempre está cerrada. Gasparó me pedía pan con chillidos y más chillidos, y yo le pegaba de coscorrones para que callara, diciéndole que si no callaba, se lo contaría al señor gobernador. Pero cuando vi abierta la puerta del convento, dije: «aquí ha de haber algo», y me colé dentro. Metime en el patio, entré después en la iglesia, pasé al coro; luego a un corredor largo donde había muchos cuartos chicos, y no vi a nadie. Registré todo, por si caía cualquier cosa; pero no encontré sino algunos cabos de vela y dos o tres madejas de seda, que estuve chupando a ver si daban algún jugo. Ya me volvía a la calle, cuando sentí detrás de mí, *pist, pist...* pues... como llamándome. Miré y no vi nada. ¡Qué miedo, Andrés, qué miedo! Allá a lo último del corredor había una lámina grande, muy grande, donde estaba pintado el diablo con un gran rabo verde. Pensé que era el diablo quien me llamaba, y eché a correr. Pero ¡ay de mí!, que no podía encontrar la salida, y todo era dar vueltas y más vueltas en aquel maldito corredor; y a todas estas *pist, pist...* Después oí que dijeron: —Muchacho, ven acá— y tanto miré por el techo y las paredes que alcancé a ver detrás de una reja una mano blanca, y una cara arrugada y petiseca. Ya no tuve miedo, y fui allá. La monjita me dijo: —Ven, no temas, tengo que hablarte—. Yo me acerqué a la reja y le dije: —Señora, perdóneme usía; yo creí que era usted el demonio.

—Sería una pobre monja enferma que no pudo salir con las demás.

—Eso mismo. La señora me dijo: —Muchacho, ¿cómo has entrado aquí? Dios te manda para que me hagas un gran servicio. La comunidad se ha marchado. Estoy enferma y baldada. Quisieron llevarme; pero se hizo tarde y aquí me dejaron. Tengo mucho miedo. ¿Se ha quemado ya toda la ciudad? ¿Han entrado los franceses? Ahora quedándome medio dormida soñé que todas las hermanas habían sido degolladas en el matadero, y que los franceses se las estaban comiendo. Muchacho, ¿te atreverás tú a ir ahora mismo al fuerte de Alemanes y dar esta esquela a mi sobrino don Alonso Carrillo, capitán del regimiento de Ultonia? Si lo haces, te daré este plato de guindas que ves aquí, y este medio pan...—. Aunque no me lo diera, lo habría hecho, encantimás... Cogí la esquela, ella me dijo por dónde había de salir, y corrí a los Alemanes. Gasparó chillaba más; pero yo le dije: —Si no callas te metemos dentro de un cañón como si fueras bala, disparamos, y vas a parar rodando a donde están los franceses, que te pondrán a cocer en una cacerola para comerte—. Llegué a Alemanes. ¡Qué fuego! Lo de aquí no es nada. Las balas de cañón andaban por allí como cuando pasa una bandada de pájaros. ¿Crees que yo les tenía miedo? ¡Quia! Gasparó seguía llorando y chillando; pero yo le enseñaba las luces que despedían las bombas, le enseñaba las chispas de los fogonazos, y le decía: —¡Mira qué bonito! Ahora vamos nosotros a disparar también los cañones—. Un soldado me dio una manotada, echándome para afuera, y caí sobre un montón de muertos; pero me levanté y seguí palante. Entró el gobernador, y cogiendo una gran bandera negra que parece un paño de ánimas, la estuvo moviendo en el aire, y luego les dijo que al que no fuera valiente le mandaría ahorcar. ¿Qué tal? Yo me puse delante y grité: —Está muy bien hecho—. Unos soldados me mandaron salir, y las mujeres que curaban a los heridos se pusieron a insultarme, diciendo que por qué llevaba allí esta criatura... ¡Qué fuego! Caían como moscas; uno ahora, otro enseguida... Los franceses querían entrar, pero no los dejamos.

—¿Tú también?

—Sí; las mujeres y los paisanos echaban piedras por la muralla abajo sobre los marranos que querían subir; yo solté a Gasparó, poniéndolo encima de una caja donde estaba la pólvora y las balas de los cañones, y también empecé a echar piedras. ¡Qué piedras! Una eché que pesaba lo menos siete quintales, y cogió a un francés, partiéndolo por mitad. Aquello tenía que ver. Los franceses eran muchos, y nada más sino que querían subir. Vieras allí al gobernador, Andresillo. Don Mariano y yo nos echamos pa delante... y nos pusimos a donde estaba más apurada la gente. Yo no sé lo que hice, pero yo hice algo, Andrés. El humo no me dejaba ver, ni el ruido me dejaba oír. ¡Qué tiros! En las mismas orejas, Andrés... Está uno sordo. ¡Yo me puse a gritar llamándoles marranos, ladrones y diciendo que Napoleón era un acá y un allá! Puede que no me oyeran con el ruido; pero yo les puse de vuelta y media. Nada, Andrés, para no cansarte, allí estuve mientras no se retiraron. El gobernador me dijo que estaba satisfecho, no, a mí no me habló nada, se lo dijo a los demás.

—¿Y la carta?

—Busqué al señor Carrillo. Yo le conocía; lo encontré al fin cuando todo se acabó. Dile el papel, y me dio un recado para la señora monja. Luego acordándome de Gasparó, fui a recogerle donde le había dejado, pero no lo encontré. Todo se me volvía gritar: «¡Gasparó, Gasparó!» pero el niño no parecía. Por fin me lo veo debajo de una cureña, hecho un ovillo, con los puños dentro de la boca, mirando afuera por entre los palos de la rueda y con cada lagrimón... Echémele a cuestas y corrí a las Capuchinas. Pero aquí viene lo bueno, y fue que como yo venía pensando en batallas, y con la cabeza llena de todo aquello que había visto, se me olvidó el recado que me dio el señor Carrillo para la monjita. Ella me reprendió, diciéndome que yo había roto la carta y que la quería engañar, por lo cual no pensaba darme el plato de guindas ni el pan ofrecidos. Se puso a gruñir y me llamó mal criado y bestia. Gasparó echaba sangre del dedo de un pie y la monjita le lió un trapo; pero las guindas... nones. Por fin, amigo Andrés, todo se arregló porque vino el mismo señor Carrillo, con lo cual la señora me dio las guindas y el pan y eché a correr fuera del convento.

—Lleva este chico a tu casa para que le cuide tu hermana —dije reparando que el pobre Gasparó sangraba aún del pie.

—Después —me contestó—. He guardado algunas guindas para Siseta.

—Muchachos —gritó Manalet que se había alejado con sus compañeros y volvía a la carrera— por la calle de Ciudadanos va el gobernador con mucha gente, muchas banderas; delante van las señoras cantando, y los frailes bailando, y el obispo riendo, y las monjas llorando. Vamos allá.

Como se levanta y huye una bandada de pájaros, así corrieron y volaron aquellos muchachos, dejando libre de su infantil algazara la muralla de Santa Lucía. Yo no me moví de allí en todo el día, y las señoras nos repartieron raciones de pan y carne, ambos manjares de detestable sabor y olor; pero como no había otra cosa, fuerza era apechugar con ello, sin mostrar asco, ni repugnancia, ni desgana, para no enojar a don Mariano.

Al anochecer, y cuando marchaba de Santa Lucía al Condestable, encontré a don Pablo Nomdedeu en la calle de la Zapatería, donde había varios heridos arrojados por el suelo.

—Andrés —me dijo— todavía no he vuelto a mi casa. ¿Pasará algo? Creo que en la calle de Cort-Real no ha caído ninguna bomba. ¡Cuánto herido, Dios mío! La jornada ha sido gloriosa; pero nos ha costado cara. Ahora mismo estuvo aquí el gobernador visitando a esta pobre gente, y les dijo que la guarnición y los paisanos habían dejado atrás en el día de hoy a los más grandes héroes de la antigüedad.

—¿Ha curado usted muchos heridos?

—Muchísimos, y aún quedan bastantes. Mis compañeros y yo nos multiplicamos; pero no es posible hacer más. Yo quisiera tener cien manos para atender a todos. También yo estoy herido. Una bala me tocó el brazo izquierdo; pero no es cosa de cuidado. Me he liado un trapo y no he tenido tiempo para más... ¿Qué habrá sido de mi pobre hija?

—Pronto lo sabremos, señor don Pablo. La noche llega. Hecha la primera cura de estos heridos, usted podrá ir un rato a su casa, y yo espero que me den licencia por una hora.

IX

Cuando fui a la casa, ya cerca de las diez, aún no había regresado don Pablo. Dejé abajo el fusil, y subí sin tardanza, anhelando saber de Siseta y de la señorita, y a las dos me las encontré en la sala en actitud no muy tranquilizadora. Estaba Josefina recostada en su silla con muestras de decaimiento y postración; pero con los ojos abiertos, atentamente fijos en la puerta. De rodillas a su lado, Siseta le tomaba las manos y con ademanes y palabras tiernas, a pesar de no ser oídas, procuraba tranquilizarla.

—Gracias a Dios que viene alguien de la casa —me dijo Siseta—. ¡Qué día hemos pasado! ¿Y el señor don Pablo, y la señora Sumta, y mis tres hermanos?

Respondile que a ninguno de los nuestros había pasado desgracia, y ella prosiguió:

—La señorita quería salir a la calle, y he tenido que luchar con ella para detenerla. Todo lo comprende, y aunque no oye los cañonazos, se estremece toda y tiembla cuando resuena alguno, aunque sea muy lejano. Tan pronto lloraba, como caía en mis brazos desmayada llamando sin cesar a su padre. La pobrecita sabe muy bien que hay guerra en Gerona. Yo también he tenido un miedo... Figúrate: aquí solas... A cada instante me parecía que la casa se venía al suelo. Pero lo peor fue que se nos metieron aquí unos hombres. No me quiero acordar, Andrés. A eso de las dos, y cuando pareció que se acababan los tiros, entraron seis o siete patriotas, unos con uniforme, otros sin él y todos con fusiles. Cuando nos vieron, empezaron a reírse de nuestro susto, y luego dieron en registrar la casa, diciendo que querían llevarse todo lo que había de comida, porque la tropa estaba muerta de hambre. La señorita se quedó como difunta cuando los vio, y ellos por broma nos apuntaban con los fusiles para oírnos gritar llamando a todos los santos en nuestra ayuda. Aunque eran unos bárbaros, no nos hicieron daño alguno más que el gran susto y el llevarse cuanto encontraron en la cocina y en la despensa. ¡Ay, Andrés! No han dejado nada de lo que el señor don Pablo había guardado, y esta noche no se encontrará aquí ni una miga de pan que llevar a la boca. ¡Cómo se reían los malditos al meter en un gran saco lo mucho y bueno que encontraron! Yo les rogué que dejasen alguna cosa; pero volvieron a apuntarme con los fusiles, diciendo que la tropa tenía ganas, y que la señora Sumta les había dicho que estas despensas estaban bien provistas.

No había concluido mi amiga su relación, cuando entró el señor don Pablo; mas para no presentarse a su hija con el brazo manchado de sangre, pasó a una habitación interior, con objeto de arreglarse un poco y vendar su herida, en cuyo sitio me reuní con él para contarle lo ocurrido.

—¡Dios y la Virgen Santísima nos amparen! —exclamó con consternación—. ¡Con que me han saqueado la casa! La culpa la tiene esa maldita, y siempre habladora Sumta, que por todas partes ha de ir pregonando si tenemos o no tenemos provisiones. ¿Y mi hija? La pobrecita habrá comprendido que se encuentra en el cráter de un espantoso volcán, y serán inútiles todas nuestras comedias para convencerla de lo contrario. Es preciso buscar algo que comer, Andrés, sí, algo que comer. Mi hija se morirá de terror; pero no quiero que se muera de hambre.

—Nada se encuentra en Gerona —respondí— y menos a estas horas.

—¡Qué calamidad! Pero cómo es posible... —dijo en la mayor confusión, mientras yo le vendaba la herida, y se mudaba de vestido—. ¡Ay!, cómo me duele el brazo; pero es preciso disimular. Andrés, no te marches. Esta noche necesito de tu ayuda... Es preciso que busquemos algún alimento.

Al presentarse delante de su hija, ésta mostró su alegría claramente, abrazándole con cariño; pero al punto sus ojos revelaron vivísimo espanto, echó atrás la cabeza y cruzando las manos exclamó, «sangre.»

—¿Qué hablas de sangre, hija mía? —dijo el padre desconcertado—. Que estoy manchado de sangre... Ya... sí, en la chupa hay algunas gotas... pero déjame que te cuente. ¿Sabes que he ido de caza?

La muchacha no entendía.

—Que fui de caza —escribió en el pliego de papel don Pablo—. Fue un compromiso; no me pude evadir. El magistral y don Pedro me cogieron, y zas, al campo... He matado tres conejos.

La enferma oprimiéndose la cabeza entre las manos, exclamó:

—¡Guerra en Gerona!

—¿Qué hablas ahí de guerra? Lo que hay es que hemos tenido un fuerte temporal... Me he mudado de ropa, porque me puse como una uva. ¿Has comido hoy bien?

—No ha tomado nada —dijo Siseta—. Ya sabrá su merced por Andrés, que unos bergantes saquearon la casa.

Esto pasaba, cuando sentimos gran estruendo en lo bajo de la casa, no estampido de bombas y granadas, sino clamor chillón y estridente, de mil desacordes ruidos compuesto, tales como patadas, bufidos, cacharrazos y sones bélicos de varia índole; pero que al pronto revelaban proceder de una muchedumbre infantil que se había metido por las puertas adentro. Nomdedeu lleno de confusión, miraba a todos lados, inquiriendo con los ojos qué podía ser aquello; pero pronto él y los demás salimos de dudas, viendo entrar una turba de chiquillos, que desvergonzadamente y sin respeto a nadie, se colaron en la sala, dando golpes, empujándose, chillando, caca-reando y berreando en los más desacordes tonos. Dos de ellos llevaban sendos cacharros colgados al cinto, y sobre cuyo abollado fondo redoblaban con palillos de sillas viejas; varios tocaban la trompeta con la nariz, y todos al compás de la inaguantable música bailaban con ágiles brincos y cabriolas. Parecía una chusma infernal que salía de las escuelas de Plutón.

No necesito decir que al frente del ejército venían Manalet y Badoret, este último llevando a cuestas a Gasparó, tal como le vi en la muralla. Ninguno dejaba de llevar palo, caldero viejo o vara con pingajos colgados de la punta, con cuyos objetos se simulaban fusiles, tambores y banderas. Un fondo de silla de paja atado a una cuerda y arrastrado por el suelo, servía de trofeo a uno, y otro adornaba su cabeza con un cesto medio deshecho, no faltando las casacas de militares hechas jirones y los morriones de antigua forma con descoloridas plumas adornados.

Don Pablo, ciego de cólera y fuera de sí, apostrofó a los muchachos tan violentamente, que casi casi estuvieron a punto de aplacar un poco su entu-slasmo bélico.

—Granujas, largo de aquí al instante —les dijo—. ¿Qué desvergüenza es esta? ¡Meterse en mi casa de este modo!

Siseta, indignada de tal audacia, cogió por un brazo a Manalet, que acer-tara a pasar junto a ella, y comenzó a vapulearle de un modo lastimoso. Yo también tomé parte en la persecución del enjambre, y empezó el reparto de pescozones a diestra y siniestra. Pero de pronto observamos que la enferma contemplaba a los desvergonzados muchachos con complaciente atención y sonreía con tanta espontaneidad y desahogo como si su alma sintiera indecible gozo ante aquel espectáculo. Hícelo notar al señor don Pablo, y al punto este se puso de parte de los alborotadores, conteniendo a Siseta que iba sobre ellos con implacable furor.

—Dejarlos —dijo Nomdedeu—. Mi hija demuestra que está muy complacida viendo a esta canalla. Mira cómo se ríe, Andrés; observa cómo les aplaude. Bien, muchachos; corred y chillad alrededor del cuarto.

Y diciendo esto don Pablo, poniéndose en medio de la sala, empezó a llevar el compás. En mal hora se les ordenó seguir. ¡Santo Dios! ¡Qué algazara, qué estrépito! Parecía que la sala se iba a hundir. Baste decir que se extralimitaron de tal modo, y de tal modo se dejaron llevar a los últimos delirios de la travesura, que al fin fue preciso poner freno a tanto juego y vocerío, porque hasta llegó el caso de que los transeúntes se detuvieran en la calle, sorprendidos y escandalizados por tan desusado rumor.

—¿Dónde has estado todo el día? —exclamó Siseta echando mano a Barodet, y deteniéndole—. ¡Y la criatura tiene sangre en el pie! Ven acá, condenado; me las pagarás todas juntas. Espera a que bajemos a casa, y verás. Y tú, Manalet de mil demonios, ¿qué has hecho de la camisa?

—En la calle de la Ballestería estaban curando unos heridos y no tenían trapos. Me quité la camisa y la di.

—¿Para qué habéis traído a casa tanto muchacho mal criado?

—Son nuestros amigos, hermana —repuso Badoret—. Hemos estado en el Capitol y allí nos han dado un poco de vino. Hermana, aquí en el seno te traigo cinco guindas.

—Marrano, ¿piensas que las voy a comer de tus manos asquerosas? Ven acá, Gasparó. Este pobrecito no habrá comido nada. ¿Qué te han hecho en el pie, que tienes sangre?

—Hermana, una bala de cañón pasó por donde estábamos, y si Gasparó no se hace para un lado, le lleva medio cuerpo; no le cogió más que la uña chica. ¡Si vieras qué valiente ha estado! Se metió debajo del cañón y allí se estuvo mirando a los franceses que querían subir a la muralla. Y les amenazaba con el puño cerrado. ¡Bonito genio tiene mi niño! Pues no creas... Ningún francés se metió con él.

—Te voy a desollar vivo —le dijo Siseta—. Espera, espera a que bajemos. A ver si se marcha pronto de aquí toda esa canalla.

—No, que se aguarden un poco —indicó don Pablo—. Son unos jovenzuelos muy salados. Mira qué contenta está Josefina. Lo que quiero, Badoret, es que no metáis mucho ruido. Bailen ustedes, y marchen de largo a largo por toda la casa; pero sin gritar para que no se escandalice la vecindad. Y dime, Manalet, ¿traen ustedes algo de comer?

—Yo traigo cinco guindas —dijo prontamente Badoret, sacándolas del seno.

—Dadme con disimulo y sin que lo vea mi hija todo lo que traigáis, que yo os daré ochavos para que compréis pólvora.

—Pauet tiene cuatro guindas —dijo Manalet.

—Pues vengan acá.

—Y yo tengo también un pedazo de pan, que me sobró del de la monja.

—Pepet —dijo otro de mis chicos— trae acá ese medio pepino que le cogiste al soldado muerto.

—Yo doy este pedazo de bacalao —dijo otro entregando la ofrenda en manos de don Pablo.

—Y yo esta cabeza de gallina cruda —añadió un tercero.

En un momento se reunieron diversos manjares tales como troncos de col, que llevaban impreso el sello de las limpias manos de sus generosos dueños; garbanzos crudos que habían sido sacados por los agujeros de las sacas por sutilísimos dedos; algunos pedazos de cecina, andrajos de buñuelos, zanahorias, dos o tres almendras en confite, que ya habían recibido muchas mordidas, y otras viandas, tan liberalmente entregadas como alegremente recibidas. Procurando que no se enterase su hija, llamó don Pablo a la señora Sumta, que acababa de llegar en aquel instante, y llevándola tras el sillón de la enferma, le dijo:

—A ver si con todo esto compone usted una cena para la enferma. Es preciso hacerle creer que nadamos en la abundancia.

—¿Qué hemos de hacer con esto, señor, si no lo querrán ni las gallinas? En casa no falta qué comer.

—¡Maldita sargentona; todo se lo han llevado, todo lo han saqueado unos malditos militares que se entraron aquí! Si usted no fuera tan entrometida, tan bocona, y tan amiga de meterse donde no la llaman y de hablar lo que nadie la pregunta, no nos veríamos en esta... Y no digo más. Avíe usted una cena con esto; que mañana Dios dirá. ¿Se ha olvidado usted de cocinar? ¡Lástima que no se le reventara el fusil entre las manos, a ver si se curaba de sus locuras! A la cocina. ¡Uf! Pronto, a la cocina. Está usted apestando a pólvora.

Los muchachos, que como todos los de su edad, eran de los que si se les da el pie se toman la mano, luego que se vieron autorizados por el dueño de la casa para hacer de las suyas, dieron rienda suelta a la bulliciosa iniciativa, y no fue gresca la que armaron. Rodeando la mesa que la enferma tenía ante su sillón, no se dieron por satisfechos con mirar los distintos objetos que en ella había, sino que en todos pusieron las manos, tocando, tentando y moviendo cuanto vieron. Josefina, lejos de manifestar disgusto por tanta impertinencia, se reía de ver su inquietud. Por señas indicó a su padre que debía dar de cenar a los importunos visitantes, a lo que contestó con palabras y cierta festiva ironía don Pablo:

—Sí, ahora. Sumta les está preparando un opíparo banquete.

Padre e hija dialogaron un rato como Dios les dio a entender, y al fin la enferma, con voz clara y entera, habló así:

—No, no me pueden convencer de que no hay guerra en Gerona. Usted no ha ido de caza, sino a curar los heridos, y estos chicos que vienen imitando a los soldados hacen ahora lo mismo que han visto.

—¡Qué habladora está! —dijo Nomdedeu—. Buen síntoma. En un año no le he oído tantas palabras juntas. Está visto que las travesuras y lindezas de estos muchachos han reanimado su espíritu. Andrés y tú, Siseta; riámonos todos, mostrando hallarnos muy satisfechos.

Según la orden del amo, prorrumpimos en sonoras risas, siendo al punto excesivamente secundados al punto por el coro infantil. Don Pablo sentose luego junto a ella, y tomando la pluma se preparó a comunicarle algo grave y largo y difícil de exprimir por señas, pues solo en este caso se valía Nomdedeu del lenguaje escrito. Púseme tras de su asiento, y pude leer, mientras escribía, lo que sigue:

—Hija mía, tienes razón. Hay guerra en Gerona. Yo no te lo quería decir por no asustarte; pero pues lo has adivinado, basta de engaños y comedias. Ni yo he estado de caza, ni he pensado en ello. Voy a contarte lo ocurrido para que no estimes ni en más ni en menos los sucesos de este gran día. Cierto es que los franceses han vuelto a poner cerco a Gerona. Hace tiempo que se presentó amenazándonos un ejército de doscientos mil hombres, mandados por el mismo Emperador Napoleón en persona.

Josefina al leer esto que era de lo más gordo, mironos a todos, interrogándonos con los ojos acerca de la exactitud de tal noticia, y no necesitamos que don Pablo nos lo advirtiera para hacer demostraciones afirmativas que hubieran convencido a la misma duda. El padre continuó así:

—Has de saber que ahora tenemos aquí un gobernador que llaman don Mariano Álvarez de Castro, el cual en cuanto vio venir a los franceses dispuso las cosas de manera que no quedara uno solo para contarlo. Concertó de modo que un ejército español de quinientos mil hombres, que estaba ahí por Aragón sin saber qué hacerse, viniese en nuestra ayuda por el lado de Montelibi, precisamente cuando los franceses nos atacaban esta mañana por el otro lado. Al amanecer rompieron el fuego; desde la muralla de Alemanes se veía a Napoleón I montado en un caballo y con un grandísimo morrión todo lleno de plumas en la cabeza. Embisten los franceses... ¡Ay!, hija mía: habías tú de ver aquello. Nuestros soldados los barrían materialmente, y como a la hora de empezar el combate apareció el ejército de quinientos mil hombres como llovido, los pobres *cerdos* no supieron a qué santo encomendarse. En fin, hija mía, les hemos dado una paliza tal, que a estas horas van todos camino de Francia con su Emperador a la cabeza, con lo cual se acaba la guerra y pronto tendremos aquí a nuestro rey Fernando.

Josefina volvió a asesorarse de nosotros antes de dar crédito a tales maravillas.

—Yo no te lo había querido decir —continuó Nomdedeu— por no asustarte; pero el júbilo de la ciudad es tan grande, que ni aun tú que estás tan retraída podrías dejar de conocerlo. Lo mismo que estos chicos, andan los mayores por el pueblo, entregados a las manifestaciones de un delirante regocijo. Figúrate que en los pasados días, los franceses que andaban por ahí, no permitían llegar comestibles al pueblo y hoy todo es abundancia, y además de lo que puede venir, tenemos todo lo que al enemigo se ha cogido, que es, si no me engaño, tantos miles de bueyes, no sé cuántos millones de sacos de harina, y los miles de los miles en gallinas, huevos, etc... Ya podemos marchar a Castellà cuando quieras...

—Mañana mismo —dijo Josefina con afán.

—Sí, mañana mismo —escribió don Pablo—. Estamos como queremos, y jamás ha tenido Gerona temporada más alegre, más animada. La gente está loca de contento, y todo se vuelve cantos y bailes y felicitaciones y regocijos. Como los víveres han entrado esta tarde con abundancia fenomenal, hija mía, yo te he traído de todo cuanto hay en la plaza; y aunque tu estómago sigue débil, yo creo que debes tomar de todo, con tal que sea en dosis muy pequeñas. Sobre esto consulté a don Pedro, mi compañero en el hospital, y me dijo que convenía alimentarte con una gran diversidad de manjares, tomando de cada uno ración muy mínima y cuidando según lo ordena Hipócrates, de que alternen en un mismo plato la cecina y las guindas, los buñuelos con la leguminosa *cicer pisum*, que llamamos garbanzo, y las almendras confitadas con esa planta salutífera que se conoce en la ciencia por *Beta vulgaris latifolia*, y que comúnmente llamamos acelga, manjar de gran virtud medicinal si se le mezcla con dulce, con nueces y hasta con un poquito de bacalao. Con que disponte a cenar, que mañana si el día está bueno, se podrá ir a Castellà, aunque a decir verdad, hija mía, ahora caigo en que tal vez sea difícil, porque todos los carros y caballerías del pueblo los ha tomado la Junta con objeto de organizar la gran procesión y cabalgata con que ha de celebrarse este triunfo sin igual. Pero será cosa de dos o tres días. Es preciso que te animes para salir a ver las iluminaciones de esta noche, aunque hablando en puridad no te conviene tomar el sereno; y para que participes de la común alegría, aquí tenemos a Andrés y a Siseta, que se prestarán a bailar delante de ti con los chicos un poco de sardana y otro poco de tira-bou, comenzando esta noche, para que también en esta casa se manifieste la inmensa satisfacción y patriótico alborozo de que está poseída la ciudad. Como tú no oyes, suprimiremos el fluviol y la tanora que solo sirven para meter inútil ruido. Con que puedes dar la señal para que comience la fiesta. Yo voy un instante a preparar en el comedor la riquísima y abundante cena con que obsequiaremos a estos jóvenes, así como a los preciosos y bien educados niños.

Y luego volviéndose a Siseta y a mí, nos dijo:

—No hay más remedio. Es preciso bailar un poquito, aunque supongo, Andrés, que ese cuerpo, venido hace poco de Santa Lucía, no estará para sardanas. Pero, amigos, bailando hacéis una obra de caridad. ¡Quién lo había de decir! ¡Hay tantas maneras de practicar el santo Evangelio!

X

El lector no lo creerá; el lector encontrará inverosímil que bailásemos Siseta y yo en aquella lúgubre noche, precisamente en los instantes en que incendiados varios edificios de la ciudad, esta ofrecía en su estrecho recinto frecuentes escenas de desolación y angustia. Formando con ocho chiquillos un gran ruedo, bailamos, sí, obedeciendo a la apremiante sugestión de aquel padre cariñoso que nos pedía con lágrimas en los ojos nuestra cooperación en la difícil comedia con que engañaba al delicado espíritu de su hija; pero bailamos en silencio, sin música, y nuestras figuras movibles y saltonas tenían no sé qué mortuorio aspecto. Nuestras sombras proyectadas en la pared remedaban una danza de espectros, y los únicos rumores que a aquel baile acompañaban eran, además de nuestros pasos, el roce de los vestidos de Siseta, el retemblar del piso, y un ligero canto entre dientes de Badoret que al mismo tiempo hacía ademán de tocar el fluviol y la tanora.

Por mi parte sostenía interiormente una ruda lucha conmigo mismo para contraer y esforzar mi espíritu en la horrible comedia que estaba representando, e iguales angustias experimentaba Siseta, según después me dijo.

Al fin la turbación moral, unida al cansancio, me hicieron exclamar: «ya no puedo más», arrojándome casi sin aliento en un sillón. Lo mismo hizo Siseta.

Pero Josefina que nos contemplaba con indecible satisfacción y agrado, pidionos que bailásemos más, y con elocuentes miradas dirigidas a su padre, nos decía que éramos unos holgazanes sin cortesía. Vierais allí al buen don Pablo suplicándonos que bailáramos por la salvación eterna; y ¿qué habíamos de hacer? Bailamos como insensatos segunda y tercera tanda. Al fin nos sirvió de pretexto para descansar el hecho de servirse a la desgraciada joven la hipocrática cena de que antes he hecho mención, la cual fue acompañada de elocuentes discursos mímicos y literarios del doctor Nomdedeu, quien ponderaba a su idolatrada enferma las excelencias del repugnante pisto, servido en nueve o diez platos con raciones microscópicas. Todo aquello era una farsa lúgubre que oprimía el corazón, y don Pablo que la presidía, el infeliz don Pablo, escuálido, ojeroso, amarillo, trémulo, parecía haber salido de la sepultura y esperar el canto del gallo para volverse a ella. Siseta lloraba a escondidas, y algunos de los chicos, rendidos al poderoso sueño y a la gran fatiga, habían estirado los miembros y cerrado los ojos en diversos puntos, y donde cada cual encontró mejor comodidad y fácil postura.

—Señor don Pablo —dije al médico— no nos mande usted bailar más, porque nosotros mismos creeremos que estamos locos.

—Hijos míos —me contestó— tengo el corazón partido de dolor. Necesito estar en batalla constantemente para contener las lágrimas que se me caen de los ojos. ¡Pobre Gerona! ¿Existirás mañana? ¿Estarán mañana en pie tus nobles casas y con vida tus valientes hijos? ¡Yo tengo espíritu para todo; para lamentar y llorar la muerte de mi ciudad natal, y atender al cuidado de mi pobre hija! ¿Qué cuesta representar esta farsa? Nada; la pobrecita se deja engañar fácilmente, y como su enfermedad no es otra cosa que una fuerte pasión de ánimo, en el ánimo se han de aplicar los cauterios, las cataplasmas, los tónicos y los emolientes que le he recetado esta noche. Puede que le hayamos salvado la vida. ¿Sabéis lo que significan en naturaleza tan delicada, tan sutilmente sensible, una triste o agradable impresión? Pues significa tanto como la vida o la muerte. Sí, hijos míos: si yo no cuidara de ocultar a mi hija las angustias que atravesamos, se pondría su alma en tales términos que el menor accidente la mataría, como un soplo de viento apaga la luz. Es preciso resguardar esta pobre lámpara del aire que la mata, y darla el que la vivifica. Así va tirando, tirando, y quién sabe si la podré salvar. Sed, pues, caritativos, y procurad divertirla. Ved cómo se ríe; reparad qué precioso color han tomado sus mejillas. La creencia de que Gerona está llena de felicidades y la esperanza de ser llevada pronto a Castellà, la fortifican y dan nueva vida. Esta noche marchamos bien; pero mañana ¿qué haré, qué la diré mañana? Si crece la escasez de víveres, como es probable, si se declaran el hambre y la epidemia, y caen bombas en parajes cercanos o aquí mismo,

¿qué comedia representaremos? Dios me favorezca y me inspire, pues para su infinita misericordia nada hay imposible.

—Estoy muerto de cansancio —dije yo, viendo que Josefina pedía más baile— y además es tarde y tengo que marcharme a mi puesto.

Siseta ya no podía tenerse en pie, y la señora Sumta, que yacía en el suelo con la inmovilidad de un talego, roncaba sonoramente, remedando en la cavidad de sus fosas nasales el lejano zumbido del cañón. Badoret, cansado ya de tocar en silencio el fluviol y la tanora, dormía como los demás chicos. Don Pablo, bastante generoso para no exigirnos imposibles, se apresuró a complacer a la enferma, poseída de cierto febril insomnio, y se puso a danzar en medio de la sala haciendo corro con cuatro chicos de los más despabilados. Cuando yo salí, quedaba el pobre señor haciendo piruetas y cabriolas con ningún arte y mucha torpeza; pero su incapacidad para el baile, provocando la hilaridad de su hija, más le inducía a seguir bailando. Daba saltos, alzaba los brazos descompasadamente, se descoyuntaba de pies y manos, tropezaba a cada instante, inclinándose adelante o atrás, hacía mil paseos estrambóticos y mil figuras grotescas que en otra ocasión me habrían hecho reír, y un sudor angustioso afluía de su rostro macilento, desfigurado por las muecas y visajes que le obligaban a hacer el fatigoso movimiento y los agudos dolores de su herida. Nunca vi espectáculo que tanto me entristeciera.

XI

Esto que he referido a ustedes se repitió algunos días. Después vinieron circunstancias distintas y todo cambió. Los franceses escarmentados con la vigorosa y nunca vista defensa del 19 de Setiembre, mediante la cual estrelláronse contra todos los puntos de la muralla que quisieron franquear, no se atrevían al asalto. Tenían miedo, dicho sea sin petulancia; conocían la imposibilidad de abrir las puertas de Gerona por la fuerza de las armas, y se detuvieron en su línea de bloqueo, con intención de matarnos de hambre. El 26 de Setiembre llegó al campo enemigo el mariscal Augereau, el cual dicen se había distinguido en las guerras de la república y en el Rosellón; trajo consigo más tropas, las cuales poniéndonos por todos lados cerco muy estrecho, nos encerraron en términos que no podía entrar ni una mosca. Excusado es decir a ustedes que los pocos víveres que había se fueron acabando hasta que no quedó nada, sin que el gobernador diera a esto importancia aparente, pues cada hora se sostenía más en su tema de que Gerona no se rendiría mientras él viviese, y aunque media población sucumbiera a las penas del hambre y a las calenturas que se iban desarrollando al compás de no comer.

Ya no era posible pensar en socorros, como no vinieran por los aires. Ya no teníamos el triste recurso de buscar la muerte en las murallas, porque ellos no se cuidaban de asaltarlas, y era forzoso cruzarse de brazos y dejarse morir, mirando la efigie impasible de don Mariano Álvarez, cuyos ojos vivos no paraban nunca observando aquí y allí nuestras caras, por ver si alguna tenía trazas de desaliento o cobardía. Estábamos moralmente aprisionados entre las garras de acero de su carácter, y no nos era dado exhalar una queja ni un suspiro, ni hacer movimiento que le disgustara, ni dar a entender que amábamos la libertad, la vida, la salud. En suma, le teníamos más miedo que a todos los ejércitos franceses juntos.

Morir en la brecha es no solo glorioso, sino hasta cierto punto placentero. La batalla emborracha como el vino, y deliciosos humos y vapores se suben a la cabeza, borrando de nuestra mente la idea del peligro, y en nuestro corazón el dulce cariño a la vida; pero morir de hambre en las calles es horrible, desesperante, y en la tétrica agonía ningún sentimiento consolador ni risueña idea alborozan el alma irritada y furiosa contra el mísero cuerpo que se le escapa. En la batalla, la vista del compañero anima; en el hambre el semejante estorba. Pasa lo mismo que en el naufragio; se aborrece al prójimo, porque la salvación, sea tabla, sea pedazo de pan, debe repartirse entre muchos.

Llegó el mes de Octubre y se acabó todo, señores: se acabó la harina, la carne, las legumbres. No quedaba sino algún trigo averiado, que no se podía moler. ¿Por qué no se podía moler? Porque nos comimos las caballerías que movían los molinos. Se pusieron hombres; pero los hombres extenuados de hambre, se caían al suelo. Era preciso comer el trigo como lo comen las bestias, crudo y entero. Algunos lo machacaban entre dos piedras, y hacían tortas, que cocían en el rescoldo de los incendios. Aún quedaban algunos asnos; pero se acabó el forraje, y entonces los animalitos se juntaban de dos en dos y se mantenían comiéndose mutuamente sus crines. Fue preciso matarlos antes que enflaquecieran más; al fin la carne de asno, que es la más desabrida de las carnes, se acabó también. Muchos vecinos habían sembrado hortalizas en los patios de las casas, en tiestos y aun en las calles; pero las hortalizas no nacieron. Todo moría, humanidad y naturaleza, todo era esterilidad dentro de Gerona, y empezó una guerra espantosa entre los diversos órdenes de la vida, destruyéndose de mayor a menor. Era una guerra a muerte en la animalidad hambrienta, y si al lado del hombre hubiera existido un ser superior, nos hubiéramos visto cazados y engullidos.

Yo padecía las más crueles penas, no solo por mí, sino por la infeliz Siseta y sus tres hermanos, que carecían absolutamente de todo. Los chicos eran al principio los mejor librados, porque ellos salían a la calle, y merodeando o husmeando aquí y allá, siempre sacaban alguna cosa; pero Siseta, la pobre Siseta, no tenía más amparo que yo, y yo me volvía loco para buscarle el sustento. Había, sí, algunos víveres en la plaza, y se encontraban pececillos del Oñá, que más que peces parecían insectos, y pájaros escuálidos, que eran cazados desde los tejados: también había alguna carne de mulo y de perro; pero para adquirir estos artículos se necesitaba dinero, mucho dinero, y nosotros no lo teníamos. La ración de trigo seco había llegado a sernos tan repugnante como un veneno.

Don Pablo Nomdedeu gastaba todos sus ahorros para poner a su hija una mala comida, y fue de los que dieron por una gallina dieciséis o veinte pesos, cuando algún payés, afrontando mil peligros y venciendo obstáculos mil, lograba entrar en la plaza. En los días de la gran escasez, la señora Sumta no bajaba nada a casa de Siseta, y los chicos se secaban los ojos mirando a la escalera por ver si descendía por ella algún maná. Llegó también el día en que Badoret, Manalet y Gasparó se cansaron de sus correrías por las calles, porque de todas partes eran expulsados los muchachos vagabundos, por la mala opinión que había respecto a la limpieza de sus manos. Flacos y casi desnudos, mis tres hermanos o mis tres hijos, pues como a tales traté siempre, inspiraban profunda compasión, y formando lastimero grupo junto a Siseta, permanecían largas horas en silencio, sin juegos ni risas, tan graves como ancianos decrépitos; inertes y quebrantados, sin más apariencia de vida que el resplandor de sus grandes ojos negros, llenos de ansioso afán.

Siseta les miraba lo menos posible, deseando así conservar la calma que se había impuesto como un deber, y hasta se atrevía a mostrar conatos de severidad, creyendo equivocadamente que en tal trance la fuerza moral servía de alguna cosa.

Yo estuve tres días sin verlos, porque mis obligaciones me impedían ir a la casa. Cuando fui, encontreles en la situación que he descrito.

Desde luego admiré la entereza de los pobres niños, bastante inteligentes para no importunarnos pidiéndonos lo que sabían no podíamos darles. Únicamente Gasparó, comiéndose sus puños y bebiéndose sus lágrimas, faltaba a la circunspección sostenida por sus hermanos. Llegó un momento en que Siseta, no pudiendo contener su dolor, empezó a llorar amargamente registrando después los últimos rincones de la casa por ver si parecía de milagro alguna vianda. Yo salí, volví a entrar, salí de nuevo y regresé, después de dar mil vueltas, con la terrible evidencia de que no podía encontrar nada. Siseta y yo convenimos en que era preciso rezar, con la esperanza de que a fuerza de ruegos, nos enviase Dios por sus misteriosos caminos, algo de lo que tanto necesitábamos. Pero rezamos y Dios no nos mandó nada.

XII

Repentinamente me ocurrió una idea salvadora.

—Siseta —dije a mi amiga—. Hace días que no veo a Pichota; pero supongo que andará por ahí con sus tres gatitos.

—¡Oh! —me respondió con dolor—. ¿No sabes que el señor don Pablo ha acabado con toda la familia? ¡Pobre Pichota! Él dice que es una carne excelente; pero yo creo que me moriría de hambre antes de comerla.

—¿Ha muerto Pichota? No sabía nada: ¿y también los tres angelitos?...

—No te lo quería decir. En estos últimos días que has faltado de casa, don Pablo bajaba con frecuencia. Un día se me puso delante de rodillas rogándome que le diera algo para su hija, pues ya no tenía víveres, ni dinero para comprarlos. Cuando esto me decía, uno de los gatitos me saltó al hombro, y don Pablo, echándole mano con mucha presteza, se lo guardó en el bolsillo. Al día siguiente bajó de nuevo y me ofreció los muebles de su sala si le daba otro de los hijos de Pichota, y sin aguardar mi contestación, entró en la cocina, después en el cuarto oscuro, púsose en acecho y lo mismo que un gato caza al ratón, así cazó él al gato. Cuando salió tuve que curarle los arañazos que traía en la cara. El tercero pereció de la misma manera, y después de esto Pichota ha desaparecido de la casa, tal vez por haber entendido que no está segura.

Yo meditaba sobre la deserción del pobre animal cuando se nos presentó de repente Nomdedeu. Su aspecto era por demás macilento y cadavérico, habiendo perdido a fuerza de padeceres físicos y morales hasta aquella bondadosa expresión y el dulce acento que le distinguían. Su vestido estaba desordenado y roto, y traía la escopeta de caza y un largo cuchillo de monte.

—Siseta —dijo bruscamente, y olvidándose de saludarme, a pesar de que hacía algunos días que no nos veíamos—. Ya sé dónde está esa pícara de Pichota.

—¿En dónde, señor don Pablo?

—En el desván que hay en el fondo del patio y que servía de pajar y granero cuando yo tenía caballo.

—Tal vez no será ella —dijo mi amiga en su generoso anhelo de salvar al pobre animal.

—Sí, es ella, te digo que es ella. A mí no se me despinta Pichota. La muy tunanta saltó esta mañana por la ventana de la despensa y me robó un pernil que allí tenía. ¡Qué atrevimiento! Comerse la carne de su propio hijo. Es preciso acabar con ese animal. Siseta, ya te he dado gran parte de mis muebles en cambio de los gazapos. No me queda otra cosa de valor que mis libros de medicina. ¿Los quieres a trueque de Pichota?

—Señor don Pablo, ni los muebles, ni los libros tomaré; coja usted a Pichota, y ya que nos vemos reducidos a tal extremidad, dé una parte a mis hermanos.

—Está bien —respondió Nomdedeu—. Andrés, ¿te atreves a cazar ese terrible animal?

—No creo que sean precisos tantos pertrechos militares —respondí.

—Pues yo sí lo creo. Vamos allá.

Barodet y su hermano quisieron seguirnos, pero Siseta los contuvo, diciéndoles que no fueran curiosos ni entrometidos; y solos el médico y yo subimos al desván, entrando despacio y con precauciones por temor a ser acometidos del rabioso carnicero, a quien el hambre y el instinto de conservación debían haber dado una ferocidad extraordinaria. Don Pablo, porque la presa no se escapara, cerró por dentro la puerta y quedamos casi en completa oscuridad, pues la débil luz que por un estrecho ventanillo entraba, no aclaró el lóbrego recinto sino cuando nuestros ojos fueron perdiendo poco a poco el deslumbramiento de la luz exterior. Multitud de objetos, como muebles destrozados y viejos obstruían buena parte de la estancia y sobre nuestras cabezas flotaban densos cortinajes de tela de araña, guarnecidos por el polvo de un siglo. Cuando empezamos a ver los contornos y las oscuras tintas del recinto, buscamos con los ojos al prófugo; pero nada vimos, ni se oyó ruido alguno que indicase su presencia. Manifesté mis dudas a don Pablo; pero él me dijo:

—Sí, aquí está. La vi entrar hace un momento.

Movimos algunas cajas vacías, arrojamos a un lado algunos pedazos de silla y un pequeño tonel, y entonces sentimos el roce de un cuerpo que se deslizaba en el fondo de la pieza atropellando los hacinados objetos. Era Pichota. Vimos en el fondo oscuro sus dos pupilas de un verde aurífero, vigilando con feroz inquietud los movimientos de sus perseguidores.

—¿La ves? —dijo el doctor—. Toma mi escopeta y suéltale un tiro.

—No —repuse riendo—. Es muy fácil errar la puntería. De nada sirve en este caso el fusil. Póngase usted a ese lado y deme el cuchillo.

Las dos pupilas permanecían inmóviles en su primera posición, y aquella lumbre verdosa y dorada que no se parece a la irradiación de ninguna otra mirada, ni de piedra alguna, produjo en mí fuerte impresión de terror. Después distinguí el bulto del animal, y sus manchas parduscas y negras sobre amarillo se multiplicaban a mis ojos, ensanchando su cuerpo hasta darle las proporciones de un tigre. Yo tenía miedo, ¿a qué negarlo con pueril soberbia?, y por un momento sentime arrepentido de haber emprendido obra tan difícil. Don Pablo que tenía más miedo que yo, daba diente con diente.

Celebramos consejo de guerra, del cual salió que debíamos tomar la ofensiva; pero cuando cobrábamos algún valor sentimos un sordo ronquido, un ruido entre arrullo y estertor que anunciaba las disposiciones hostiles de Pichota. En su lenguaje, la gata nos decía: «Asesinos de mis hijos, venid acá, que os espero.»

Pichota, que primero estaba en postura de esfinge, se agachó sentando la angulosa cabeza sobre las patas delanteras, y entonces su mirada cambió, despidiendo una luz azul que proyectaba de dos rayas verticales. Parecía fruncir el torvo ceño. Luego irguió la cabeza, pasose las patas por la cara, limpiando los largos bigotes; y dio algunas vueltas sobre sí misma, para bajar a un sitio más cercano, donde se puso en actitud de salto. La fuerza muscular que estos animales tienen en las articulaciones de sus patas traseras es inmensa, y desde su puesto podía saltar hasta nosotros. Yo observé que las miradas del animal se dirigían más rectamente a don Pablo que a mí.

—Andrés —me dijo— si tú tienes miedo, yo me voy encima de ella. Es una vergüenza que un animal tan pequeño acobarde de este modo a dos hombres. Sí; señora Pichota, nos la comeremos a usted.

Parece que el animal oyó y entendió estas amenazadoras palabras, porque aún no había acabado de pronunciarlas mi amigo, cuando con ligereza suma lanzose sobre él, haciéndole presa en el cuello y en los hombros. La lucha fue breve y la gata había puesto ya en ejecución el conjunto de su potencia ofensiva, de modo que el resto del combate no podía menos de sernos favorable. Acudí en defensa de mi amigo, y el animal cayó al suelo, llevándose en las uñas algunas pequeñas partículas de la persona del buen doctor, haciéndome a mí algunos desperfectos en la mano derecha. Corrió luego en distintas direcciones, pero al lanzarse sobre mí, tuve la buena suerte de recibirla con la punta del cuchillo de monte, lo cual puso fin al desigual combate.

—Este animal es más temible de lo que creí —me dijo don Pablo, apoderándose del cuerpo palpitante.

—Ahora, señor Nomdedeu —dije yo— partiremos como hermanos la presa.

El doctor hizo una mueca que indicaba su profundo disgusto, y limpiándose la sangre del cuello, me dijo con tono agresivo que por primera vez entonces oí de sus labios:

¿Qué es eso de partir? Siseta contrató conmigo a Pichota a cambio de mis libros. ¿Tú sabes que mi hija no ha comido nada ayer?

—Todos somos hijos de Dios —repuse— y también Siseta y los de abajo han de comer, señor don Pablo.

Nomdedeu se rascó la cabeza, haciendo con boca y narices contracciones bastante feas; y tomando el animal por el cuello me dijo:

—Andrés, no me incomodes. Siseta y los bergantes de sus hermanos pueden alimentarse con cualquier piltrafa que busquen en la calle; pero mi enferma necesita ciertos cuidados. Después de hoy viene mañana, y tras mañana pasado. Si ahora te doy media Pichota, ¿qué le daré a mi hija dentro de un par de días? Andrés, tengamos la fiesta en paz. Busca por ahí algo que echar a tus chiquillos, que ellos con roer un hueso quedarán satisfechos; pero haz el favor de no tocarme a Pichota.

De esta manera el corazón de aquel hombre bondadoso y sencillo se llenaba de egoísmo obedeciendo a la ley de las grandes calamidades públicas, en las cuales, como en los naufragios, el amigo no tiene amigo, ni se sabe lo que significan las palabras prójimo y semejante. Oyendo a don Pablo, despertose en mí igual sentimiento egoísta de la vida, y vi en él un aborrecido partícipe de la tabla de salvación.

—Señor Nomdedeu —exclamé con súbita cólera— he dicho que Pichota se partirá, y no hay más sino que se partirá.

El médico al oír este resuelto propósito, mirome con profunda aversión por algunos segundos. Sus labios temblaban sin articular palabra alguna: púsose pálido, y luego con un gesto repentino, me empujó hacia atrás fuertemente. Yo sentí que mi sangre abrasada corría hacia el cerebro, un repentino escalofrío que circuló por mi cuerpo me crispaba los nervios. Cerrando los puños, alargué las manos casi hasta tocar con ellas la cara de Nomdedeu, y grité:

—¿Con que no se parte Pichota? Pues mejor. Mejor, porque es toda para mí. ¿Qué tengo yo que ver con la señorita Josefina, ni con sus males ridículos? Dele usted telarañas.

Nomdedeu rechinó los dientes, y sin contestarme se fue derecho hacia el animal que yacía en tierra desangrándose. Hice yo igual movimiento; nuestras manos se chocaron, forcejeamos un breve instante, descargué sobre él mis puños, y Nomdedeu rodó por el suelo largo trecho, dejándome en completa posesión de la presa.

—¡Ladrón! —exclamó—. ¿Así me robas lo que es mío? Aguarda y verás.

Recogiendo la víctima, me dispuse a salir. Pero Nomdedeu corrió, mejor dicho, saltó como un gato hacia donde estaba la escopeta, y tomándola, me apuntó al pecho diciendo con trémula y ronca voz:

—Andrés, canalla: suéltala o te asesino.

Miré en derredor mío buscando el cuchillo de monte; pero ya don Pablo lo tenía en el cinto. Corrí a la puerta del desván y no pude abrirla; entrome de súbito un terror que no pude vencer, y salté maquinalmente, sin saber lo que hacía, hacia los cajones vacíos, los muebles viejos y el montón de cachivaches donde se nos había aparecido Pichota. Mis pies se hundían entre tablas desvencijadas cuyos clavos me lastimaban, y mi cabeza tropezó en las vigas del techo haciendo caer el polvo, la polilla y las repugnantes inmundicias depositadas por dos siglos.

—Bárbaro —grité desde arriba— ya me las pagarás todas juntas.

Pero Nomdedeu seguía tras mí, buscando la puntería y con pie firme hollaba las rotas tablas; yo corrí de un extremo a otro seguido por él, y dimos varias vueltas, subiendo, bajando, hundiéndonos y levantándonos en los desfiladeros, laberintos y sinuosidades de aquella caverna.

Por fin, habiendo salido el tiro, Nomdedeu extendió su hocico como ávido cazador, por ver si me había alcanzado. Felizmente la bala no me tocó.

—No me ha tocado —dije con furiosa alegría, disponiéndome a caer sobre mi enemigo.

Pero él desenvainó al instante su cuchillo, y con acento más frenéticamente alegre que el mío, gritó en medio del desván:

—¡Ven, ven!... ¡Ladrón, que quieres matar de hambre a mi hija!... Suelta a Pichota, suéltala, miserable.

Y sin esperar a que yo le acometiera, corrió hacia mí. Entrome mayor pánico que cuando me perseguía con la escopeta, y de nuevo nos lanzamos a los precipicios en miniatura, tropezando y saltando, yo delante, él detrás, yo gritando, él rugiendo, hasta que rendido de fatigas caí entre destrozadas tablas que me impedían todo movimiento. Me encontré débil y me reconocí cobarde, sintiéndome incapaz de luchar con aquella furia, metamorfosis del hombre más manso, más generoso y humanitario que yo había conocido.

—Señor don Pablo —dije— tome usted a Pichota. No puedo más. Se ha vuelto usted tigre.

Sin contestarme nada, y mostrando la horrible agitación y crisis de su alma en un sordo mugido, recogió el animal que yo había arrojado lejos de mí, y abriendo la puerta, se marchó.

Yo, después de pasada la irascibilidad de aquel cuarto de hora, apenas me podía tener, salí, bajé a casa de Siseta, y cuando esta me vio magullado, arañado y cubierto de polvo, tuvo miedo. En pocas palabras contele lo ocurrido, y los tres muchachos me oyeron con espanto.

—No hay nada por hoy —les dije con angustia—. Voy a la calle a ver si encuentro una persona caritativa.

Siseta se abrazó a sus hermanos, derramando lágrimas de desesperación, y yo corrí desolado fuera de la casa. En la calle marchaba como un ebrio, sin dirección, ni aplomo, ni camino, y con la mente en ebullición, cargada, atestada y henchida de criminales ideas.

XIII

A mi paso encontraba las familias desvalidas, formando horrorosos grupos de desolación en medio de la vía pública, con los pies en el lodo y guarecida la cabeza del Sol y la lluvia bajo miserables toldos de sucias esteras. Se arrancaban de las manos unos a otros la seca raíz de legumbre, el fétido pez del Oñá, las habas carcomidas y los huesos de animales no criados para la matanza. Diestros carniceros, improvisados por la necesidad, perseguían por todos los rincones de Gerona a los pobres perros, que bastante inteligentes para comprender su próxima suerte, buscaban refugio en lo más recóndito, y aún se atrevían a traspasar la muralla, corriendo a escape hacia el campo francés, donde eran acogidas con aplauso y algazara tales pruebas de nuestra penuria. Por todas partes, en sótanos y tejados, los gatos se defendían con sus ásperas uñas del ataque de la humanidad, empeñada en vivir.

Los soldados recibían su ración de trigo seco; pero los habitantes de la ciudad tenían que buscarse el sustento como Dios les daba a entender. La caza y la pesca eran la ocupación más importante. En cuanto a los trabajos militares, no había nada, porque nuestra situación consistía en recibir bombas y granadas, sin poder apenas devolverles los saludos. En varias partes pedí que me dieran algo para unos pobres huérfanos, pero la gente me miraba con indignación, y alguno me echó en cara mi robustez. Yo estaba en los puros huesos.

En la calle de Ciudadanos y en la plaza del Vino[5] vi muchos enfermos que habían sido sacados de los sótanos para que se murieran menos pronto. Su mal era de los que llamaban los médicos fiebre nerviosa castrense, complicada con otras muchas dolencias, hijas de la insalubridad y del hambre; y en los de tropa todas estas molestias caían sobre la fiebre traumática.

Sin quererlo yo, me apartaba a cada instante de mi objeto, que era buscar alimento para mis niños, y aquí me llamaban para que ayudasen a arrastrar un enfermo, allí me rogaban que ayudara a poner tierra encima de los cadáveres. Mi deseo era arrojarme como los demás en medio del arroyo esperando la muerte; pero el ejemplo de algunos que resistían con sin igual tesón el cansancio, me obligaba a seguir en pie. En la calle de la Zapatería Vieja sacamos fuera de los sótanos a varios clérigos, ancianos y niños, mereciendo en premio de nuestro servicio algunos pedazos de pan negro y de cecina. Los otros devoraban su parte; pero yo guardé la mía, adquiriendo con su posesión la fuerza moral que había perdido.

La calle o callejón de la Forsa, que conduce desde la Zapatería Vieja a la catedral, era una horrible sentina, una acequia angosta y lóbrega, donde algunos seres humanos yacían como en sepultura esperando quien los socorriese o quien los matase. Entramos en ella, conducidos por don Carlos Beramendi, hombre de gran mérito que se multiplicaba para disminuir en lo posible las desgracias de la ciudad, y recogimos los cuerpos vivos y medio vivos, muertos y medio muertos, sacándolos a las gradas de la catedral, donde les bañasen aires menos corrompidos. La catedral ya no podía contener más enfermos y la plaza se fue convirtiendo en hospital al descubierto. Allí vi aparecer en lo alto de la gradería a don Mariano Álvarez, que daba algunas disposiciones para el socorro de los heridos. Su semblante era en toda Gerona el único que no tenía huellas de abatimiento ni tristeza, y conservábase tal como en el primer día del sitio. Gran número de gente le rodeaba, y entre ellos vi con sorpresa a don Pablo Nomdedeu con otros médicos, individuos de la junta de salubridad y varias personas influyentes. La multitud vitoreó a Álvarez, quien no dijo nada, absteniéndose de

---

5   En Cataluña durante la invasión llamaban a los franceses porchs. (N. del A.)

manifestar disgusto ni alegría por la ovación, y descendió tranquilamente. La gradería ofrecía el más lamentable aspecto y con la algazara de los vivas y aclamaciones dirigidas al gobernador era difícil oír las quejas y lamentos. Desde lejos se observaba claramente que muchos de los que componían la comitiva del héroe estaban afligidos ante tan doloroso espectáculo. Sin duda hablaban a don Mariano de la escasez de víveres, porque se oyó una voz de protesta que dijo: «Señor, cuando no haya otra cosa, comeremos madera.»

En esto llegó junto a mí don Pablo Nomdedeu, que se había separado un poco de la comitiva.

¡Comer madera! —exclamó—. Eso se dice, pero no se hace. Andrés, me alegro de verte por aquí. ¿Cómo estás, y Siseta y los chicos?

Aunque empezaba a extinguirse en mi alma el resentimiento, amenacé con el puño a Nomdedeu.

—¡Ah, todavía me guardas rencor por lo de esta mañana! —dijo—. Andresillo, en estos casos no es uno dueño de sí mismo. Yo me espantaba entonces y me he espantado después de encontrarme tan bárbaro y salvaje. Se trata de vivir, Andrés, y el pícaro instinto de conservación hace que el hombre se convierta en fierecita. Que yo sea capaz de matar a un semejante, es cosa que no se comprende; ¿no es verdad? ¡Ay, amigo mío! La idea de que mi hija me pide de comer y no puedo darle nada, ahoga en mí el patriotismo, el pensamiento, la humanidad, trocándome en una bestia. Andrés, no somos más que miseria. Indigno linaje humano, ¿qué eres? Un estómago y nada más. Se avergüenza uno de ser hombre, cuando llegan estos casos en que todas las relaciones sociales desaparecen y reina la Naturaleza pura. Pero estoy viendo que el número de heridos es inmenso. Hoy hemos estado haciendo el recuento de medicinas, y no hay ni para la décima parte en un solo día. ¿A dónde vamos a parar? ¿Es posible que esto se prolongue? No, no puede ser. Mira qué horroroso aspecto presenta la gradería cubierta de cuerpos humanos.

En efecto, los cien escalones que conducen a la catedral ofrecían en pavoroso anfiteatro un cuadro completo de los males de la heroica ciudad.

Álvarez con su comitiva seguía bajando, y la multitud apartábase para abrirle paso.

—Señor —le dijo Nomdedeu, volviéndome la espalda—. Olvidé decir a vuecencia que los medicamentos que tenemos no bastan ni para la décima parte.

Don Mariano miró fríamente y sin marcada expresión al médico. ¡Qué bien vi entonces al célebre gobernador, y cuán presentes se quedaron desde entonces en mi mente sus facciones, su mirar y sus palabras! La cara pálida y curtida, los ojos vivos, el pelo cano, la figura delgada y enjuta, la contextura de acero, la fisonomía imperturbable y estatuaria, la tranquilidad y la serenidad juntas en su semblante; todo lo examiné, y todo lo retuve en la memoria.

—Si no hay bastantes medicinas —dijo— empléense las que hay y después se hará lo que convenga.

Esta muletilla de *lo que convenga* era muy suya, y con ella solía terminar sus discursos y amonestaciones, siendo en él muy natural decir: «Si no se puede resistir el asalto, y los franceses entran en la ciudad, moriremos todos y después *se hará lo que convenga.*»

—Pero señor —añadió don Pablo— los enfermos no admiten espera. Si no se les cura... se podrá tirar un día, dos...

Álvarez paseó serenamente la vista por el anfiteatro, y después volviéndose a Nomdedeu, le dijo:

—Ninguno de ellos se queja. Pronto recibiremos auxilios. La plaza no se rendirá, Señor Nomdedeu, por falta de medicinas. ¿No discurre usted algún medio para aliviar la suerte de los enfermos y heridos?

—¡Oh; sí, señor! —dijo el médico alentado por algunos de la comitiva que murmuraron frases más en consonancia con los pensamientos del médico que con los del gobernador—. Me ocurre que Gerona ha hecho ya bastante por la religión, la patria y el rey. Ha llegado ya al límite de la constancia, señor, y exigir más de esta pobre gente es consumar su completa ruina.

Álvarez agitó ligeramente el bastón de mando en la mano derecha, y sin inmutarse dijo a Nomdedeu:

—*Ya... solo usted es aquí cobarde. Bien: cuando ya no haya víveres, nos comeremos a usted y a los de su ralea, y después resolveré lo que más convenga.*

Cuando acabó de hablar, callaron todos de tal modo, que se oía el zumbido de las moscas. Nomdedeu volvió atrás la cabeza buscándome con la vista, para disimular su turbación; y harto confuso hubo de abandonar la comitiva. Hasta mucho después de que esta pasara, no recobró el uso de la palabra mi buen doctor, y estaba pálido y tembloroso, señal inequívoca de su miedo.

—Andrés —me dijo en voz baja tomándome del brazo, y llevándome en dirección de la plaza de San Félix— ese hombre va a acabar con nosotros. Yo soy patriota, sí señor, muy patriota; pero todo tiene su límite natural, y eso de que lleguemos a comernos unos a otros me parece una temeridad salvaje.

—La entereza de don Mariano —le respondí— nos llevará a tragarnos mutuamente; pero por lo que a mí toca, y mientras sepa que ese hombre está vivo, antes me comeré a mordidas mi propia carne, que hablar de capitulación delante de él.

—Grande y sublime es su constancia —me dijo— yo la admiro y me congratulo de que tengamos al frente de la plaza hombre cuya memoria ha de vivir por los siglos de los siglos. ¡Oh, si yo fuera solo en el mundo, Andrés! Si yo no tuviera más que mi indigna persona, si no tuviera otro cuidado que la visita al hospital y el recorrido de los enfermos que están en la calle, yo mismo le diría a don Mariano: «Señor, no nos rindamos mientras haya uno que pueda vivir almorzándose a los demás»; pero mi hija no tiene la culpa de que una nación quiera conquistar a otra... Sin embargo, humillemos la frente ante la voluntad de Dios, de la cual es ejecutor en estos días ese inflexible don Mariano Álvarez, más valiente que Leónidas, más patriota que Horacio Cocles, más enérgico que Scévola, más digno que Catón. Es este un hombre que en nada estima la vida propia ni la ajena, y como no sea el honor todo lo demás le importa poco. En las jornadas de Setiembre, cuando Vives, el capitán de Ultonia, se disponía para una pequeña excursión al campo enemigo, preguntó a don Mariano que a dónde se acogería en caso de tener que retirarse. El gobernador le contestó: «Al cementerio.» ¿Qué te parece? ¡Al cementerio! Es decir, que aquí no hay más remedio que vencer o morir, y como vencer a los franceses es imposible porque son ciento y la madre, saca la consecuencia. ¡Esto entusiasma, Andresillo! Se le llena a uno la boca diciendo: ¡Viva Gerona y Fernando VII!, le parece a uno que ya está viendo las historias que se van a escribir ensalzándonos hasta las nubes; pero yo quisiera poder decir ¡Viva España y viva Josefina!, o que al menos entre las ruinas humeantes de esta ciudad y entre el montón que han de formar nuestros cuerpos despedazados, se alzara rebosando salud mi querida hija única que nunca ha hecho mal a España ni a Francia, ni a Europa, ni a las potencias del Norte ni del Sur.

El doctor detúvose a examinar varios enfermos, y corrí a casa de Siseta para llevarles lo poco que había recogido.

XIV

Casi juntamente conmigo entró Barodet, que había salido a hacer una excursión por la plaza de las Coles, y volvía tan alegre y saltón, que le juzgué portador de víveres para ocho días.

—¿Qué hay, Badoret? —le preguntamos Siseta y yo.

Nos contestó abriendo los puños para mostrar algunas piezas de cobre, y cerrábalos después, bailando con frenesí en medio de la sala.

—¿De dónde traes eso? ¿Lo has cogido en alguna parte? —le preguntó su hermana con enojo, sospechando sin duda que el chico había hecho incursiones lamentables en la propiedad ajena.

—Me los han dado por el ratón... Andrés, un ratón tan grande como un burro. En cuanto llegué con él a la plaza, un viejo soltó tres reales por él.

—¿Para comérselo? —exclamó Siseta con horror.

—Sí —repuso Badoret dándole los cuartos—. Tú no lo quisiste, pues a venderlo.

—Mira, Andrés —me dijo Siseta— luego que tú te fuiste, estos condenados bajaron al patio, y por la puertecilla que está junto al pozo, se metieron en la casa del canónigo don Juan Ferragut, que está abandonada como sabes. A poco volvieron con una rata tan grande como de aquí a mañana... ¡Qué patas! ¡Qué rabo!

—La carne de este precioso e inteligentísimo animal —dije yo dando a Siseta lo que llevaba— no es mala, según dicen los muchos que en Gerona la están consumiendo. Por ahora, muchachos, remediémonos con esto que os traigo, y Dios dará más adelante otra cosa.

Comimos, si así puede llamarse una refacción tan exageradamente sobria, que más parecía hecha para dar entretenimiento a los dientes, que sustancia al cuerpo. Yo me dormí sobre el suelo poco después, y cuando desperté, Siseta con gran aflicción me dijo:

—Gasparó está malo. Ha cesado de llorar, y está como desmayado con el cuerpo ardiente y temblando de escalofríos. ¿Tardará en volver el señor Nomdedeu?

Examiné al chico, y su aspecto me hizo temblar, porque no dudé un momento que estuviese atacado de la fiebre a que sucumbía diariamente parte de la población; pero procuré tranquilizar a su hermana, asegurando que los síntomas del mal que tenía delante, no eran parecidos a los que a todas horas se observaban en los sitios más públicos de la ciudad. Pero Siseta, en su buen sentido, no daba crédito a mis consuelos, comprendiendo la gravedad de su hermanito. Con la mayor naturalidad del mundo, y olvidando en su preocupación las circunstancias de la ciudad, me mandó que le llevase algunas medicinas, y tuve que emplear mil rodeos y circunlocuciones para decirle que no las había. La infeliz muchacha estaba inconsolable.

Una hora después entró don Pablo Nomdedeu, al cual llamamos para que asistiese al enfermo, y se prestó a ello de buen grado.

—¡Pobre Gasparó! —dijo al verle—. Ya he dicho varias veces que con los alimentos que diariamente se consumen aquí, estos chicos no han de llegar a viejos.

—Pero mi hermano no se morirá, señor don Pablo —afirmó Siseta llorando—. Usted que es tan buen médico, le curará.

—Hija mía —repuso fríamente el doctor— tiende la vista por esas calles, y observa de qué valen los buenos médicos. Lo que respiramos en Gerona no es aire, es una sutil e invisible materia cargada de muertes. ¡Ay! Vivimos por especial don de Dios, los que vivimos. Tenemos un gobernador de bronce que manda resistir a estos hombres que se caen muertos por momentos. Don Mariano Álvarez no ve en el cuerpo humano sino una cosa con que rellenar los cementerios, y que no pudiendo servir para batirse no sirve para nada. Él no atiende más que al inmortal espíritu, y fijando su atención en la vida perpetua que con los miserables ojos de la carne no podemos ver, desprecia todo lo demás. Sí, la magnitud de ese hombre me tiene asombrado por lo mismo que es superior a mí. El gobernador resistirá el hambre, las privaciones, las enfermedades, mientras tenga una gota de sangre que mantenga en pie la urna de su grande espíritu, pues su alma es el alma menos atada al cuerpo que he conocido; y si no pudiese resistir, será capaz de comerse a sí mismo... Pero veamos qué se hace con ese pobre Gasparó, hija mía; yo creo que debes ir a enterrarle a la plaza del Vino, donde se ha hecho una gran fosa, porque si dejamos aquí su pobre cuerpo, puede corromperse la atmósfera de esta casa más de lo que está.

—¿De modo que usted le da por muerto? —preguntó Siseta con desesperación.

—Siseta, nuestra misión en el estado a que han llegado las cosas, sin alimentos ni medicinas que recomendar, se reduce a evitar los horribles efectos de la descomposición atmosférica. Si pudiéramos tener a mano buenas tazas de caldo, un poco de vino blanco y algunos emolientes y herméticos, creo que sería fácil tornar la salud a la robusta naturaleza de ese niño; pero es imposible: no hay nada. ¡Felices los que se mueren! Si no consigo salvar a mi hija, me pondré en la muralla, cuando haya otro asalto, para morir gloriosamente... Pobre Gasparó: ¡con cuánto placer te cuidaría si viera en ti esperanzas de vida! Siseta, sentiría mucho que mi hija conociera la proximidad de un moribundo. En caso de que Gasparó llore o chille, le mandarás callar. Adiós, adiós, hijos míos; cuidado con mis instrucciones.

Y subió. Tenía todas la apariencia de un loco.

Siseta destrozó un mueble, calentó agua con él y diose a aplicar al enfermo en diversas formas una terapéutica de su invención, compuesta de agua tibia en bebida, en cataplasmas, en friegas, en rociadas, en parches. Como advirtiera cierta quietud en el enfermo, creyola repentina mejoría, por efecto de sus extraordinarios específicos, y dijo con tanta inocencia como alegría:

—Andrés, me parece que está mejor. Se ha dormido. Mi madre decía que el agua del Oñá era la mejor medicina del mundo, y con agua se curaba ella todos sus males. ¿Ves cómo está más tranquilo? Cuando despierte querrá ir a jugar con sus hermanos. ¿Pero dónde están esos malditos? ¡Badoret, Manalet!...

Siseta los llamó gritando varias veces, y los muchachos no parecían. Estaban en la casa del canónigo.

Yo subí a ver a don Pablo y a su hija, y encontré a esta tan abatida y desfigurada, que cuando cerraba los ojos quedándose sin movimiento con la cabeza hundida entre los almohadones, parecía realmente muerta. Ya era casi de noche y Nomdedeu, sentado junto al velador, escribía su diario.

—Andrés —me dijo el doctor— te agradezco que vengas a hacerme compañía. ¿No me guardas rencor por lo de esta mañana? Eres un buen muchacho, y sabes hacerte cargo de las circunstancias. En estos casos, no hay amigo para amigo, ni hermano para hermano. Ahora mismo, si metieras tu mano en el plato donde va a comer mi hija, creo que te mataría.

—¿Y la señorita Josefina —le pregunté— cree todavía que hay fiestas en Gerona, y que mañana irá a Castellà?

—¡Ay!, no. La ilusión duró hasta el día siguiente nada más. Su estado moral es espantoso. Ya no puede ocultársele nada, y es inútil representar comedias como la de la otra noche. Lo sabe todo, y no ignora los últimos pormenores, gracias a una indiscreción de esa endiablada señora Sumta, a quien de buena gana arrastraría por los cabellos. Figúrate, Andrés, que una de estas noches, cuando yo estaba curando enfermos por esas calles, la tal señora Sumta, que a más de ser curiosa como mujer, es entrometida y novelera como un chico de diez años, deseando dar a su entendimiento el pasto de una belicosa lectura en armonía con sus aficiones militares, sacó de la alacena de mi despacho este diario que estoy escribiendo, y se puso a leerlo aquí mismo delante de mi hija. Esta sintió al instante deseos de leer también, y la muy necia de la señora Sumta se lo permitió, añadiendo de su propia cosecha comentarios encomiásticos de los empeños y heroicidades del sitio. Cuando volví, mi hija había llegado a las últimas páginas, y en su calenturienta atención y curiosidad se le iba el alma a pedazos. La lectura la embelesaba y la mataba al mismo tiempo, y el terror y la admiración compartíanse el dominio de su alma. ¡Ay, cuánto trabajo me costó arrancarle de las manos el malhadado diario! La pobrecita no durmió en toda la noche, y puesto su cerebro en erección, allí era de ver cómo imaginaba batallas en la calle, cómo sentía el ruido de las bombas, cómo aseguraba estarse quemando con el resplandor de los incendios, cómo miraba los ríos de sangre que enrojecían el Ter y el Oñá, sin que me fuera posible tranquilizarla. La infeliz corría de una parte a otra de la habitación como una loca; y llamaba a gritos a don Mariano Álvarez, ensalzando la bravura y grande ánimo de nuestro gobernador. Otras veces, dominada por el miedo, me pedía que la escondiese en lo más profundo de los pozos para no oír el zumbido de los cañonazos ni ver el resplandor de las llamas. Tan pronto su delicado organismo nervioso, que es su naturaleza toda, se crispaba dándole actividad febril, como cuando dominados por el entusiasmo nos centuplicamos; tan pronto abatiéndose llorosa, su cuerpo caía flojo y blando como una madeja. Precisamente la falta del sentido acústico, que parece debía ser un descanso para su espíritu, es un verdadero tormento, porque oye rumores que sin tener existencia real retumban en su cerebro; y los espectros del sonido aterran su imaginación más que los de la vista. ¡Pobrecita hija mía! Creí verla morir en una de aquellas crisis. Era su vida como un hilo muy delgado que por intervalos se pone tirante, tirante, amenazando romperse. Yo tenía el alma en suspenso, y comprendiendo que contra tal estado de nada valen la ciencia ni los cuidados, me crucé de brazos y bajé la frente esperando el fallo de Dios. De este modo ha pasado algunos días, Andrés, y últimamente todos los síntomas de desorden nervioso han desaparecido, para no quedar más que el del miedo, un miedo en el último grado de lo deprimente, que la tiene aplanada, moribunda. ¿Ves esa cara, ves esa expresión soñolienta y abatida, esa diafanidad propia de los primeros instantes de la muerte? ¿Por ventura eso tiene apariencia de vida? No parece sino que este simulacro de existencia permanece ante mis ojos por disposición milagrosa del cielo para consolarme durante la ausencia real de mi verdadera hija.

Después de un largo y triste silencio, continuó así:

—Andrés, mañana saldrá el Sol; mañana habrá lo que en nuestro lenguaje llamamos día; mañana tendremos otro hoy, es decir, nuevos apuros. Veremos qué miga de pan me reserva Dios para el día que ha de venir. Como quiera que sea, mi hija tendrá mañana su plato en esta mesa. Así ha de ser, cueste lo que cueste.

Y dicho esto, siguió redactando su diario.

Cuando volví al lado de Siseta, la encontré más tranquila, engañada por el aparente alivio del pobre niño. Su principal inquietud consistía entonces en la ausencia de Badoret y Manalet, que a pesar de lo avanzado de la noche, no volvían a casa. Pero de acuerdo les supusimos ocupados en explorar la habitación vecina, y no se habló más sobre el particular. Retireme yo a mi guardia, pesaroso de dejarla sola, y durante toda la noche estuve mortificado por cavilaciones y presentimientos que no me dejaron dormir.

XV

Al día siguiente no ocurrió novedad particular. Gasparó seguía lo mismo. Badoret y su hermano aparecieron tras larga ausencia, llenos de rasguños, contusiones, magulladuras y mordidas; pero muy contentos con los cuartos que recientemente les había proporcionado su industria. A pesar de este refuerzo pecuniario, aquel día fue el abastecimiento de la casa más penoso y difícil que otro alguno, y Siseta, desmejorándose por grados, perdía robustez y salud de hora en hora. Como entonces ocurrieron acontecimientos terribles en nuestra casa, no puedo pasarlos en silencio. Después de un breve y violento sueño, despertome al rayar el día el golpear de un pie, que no por ser de amigo carecía de dureza, y cuando abrí los ojos, encaré con el tambor del regimiento, Felipe Muro, que me dijo:

—Ha caído una bomba en la casa del canónigo Ferragut, calle de Cort-Real, y el tejado ha ido a buscar refugio dentro de los cimientos. Yo lo he visto, Andrés. Tu amigo el médico, don Pablo Nomdedeu, salió a la calle gritando y bufando en cuanto vio arder las barbas del vecino. Felizmente la casa no ardió, y hasta hoy no tiene más avería que haber sido aplastada como un buñuelo. ¿No vas allá?

De buena gana habría corrido al lugar de la catástrofe; pero la ordenanza me ataba a la muralla de Alemanes durante algunas horas, y esperé con la más cruel ansiedad. Cuando me encontré libre y pude trasladarme a la calle de Cort-Real, vi con alegría que mi casa estaba intacta, aunque amenazada de algún deterioro por la repentina falta de apoyo de la contigua, cuya fachada yacía casi totalmente en el suelo, viéndose desde la calle el interior de las habitaciones con parte de los muebles en la misma situación en que los dejó el dueño al abandonar su domicilio. Mentalmente di gracias a Dios por haber librado de la desgracia la casa de los míos, y corrí al lado de Siseta, a quien encontré en el taller y en el mismo sitio donde la había dejado la noche anterior, junto al lecho de su hermano. La consternación de la pobre muchacha era tal, que no acerté a tranquilizarla con inútiles consuelos.

—Siseta —le dije— es preciso resignarse a lo que quiere Dios. ¿Y tu hermano?

No me contestó ni había para qué, porque su hermano se moría. Ella misma hallábase en tan lastimosa situación física y moral, que solo por un enérgico propósito de su fuerte espíritu, se mantenía vigilante y atenta a la agonía del pobre Gasparó. Sin el dolor, Siseta habría caído al suelo, abatida por el insomnio y la inanición; pero ella despreciaba su propia existencia, y para atenderla era preciso que desapareciese la de los demás.

—¿El señor Nomdedeu no ha asistido a tu hermano? —le pregunté.

—No —repuso—. El señor don Pablo dice que aquí nada falta sino echarle tierra encima.

—¿Y es posible que no te haya proporcionado algunas medicinas? Si él quisiera, podría hacerlo.

—Dice que no hay medicinas.

—Dime: ¿Gasparó ha tomado algún alimento?

—Nada. Con los cuartos que trajeron ayer los chicos, se compró un pedacito muy chico de cecina; y lo puse en las parrillas, y esta mañana vino don Pablo, se me arrodilló delante llorando a moco y baba, y como a pesar de esto me resistiera a dárselo, amenazome con matarme y se lo llevó.

—¿Tú tampoco has tomado nada?... ¡Oh! Es preciso que yo le siente la mano a ese ladronzuelo de don Pablo. ¿Tenemos nosotros obligación de mantenerle a su hija? ¿Y tus hermanos?

—No sé dónde están —repuso Siseta con profundo terror—. Desde anoche no han vuelto a casa.

—Pero, Siseta —exclamé con angustia— no irían a la casa del canónigo. ¿Sabes que se ha venido al suelo?

—No sé si irían allá... Esta mañana sentí un gran ruido. Creí que era esta casa la que se venía al suelo; y abrazando a mi hermano cerré los ojos y me encomendé a Dios. Pero luego que cesó el ruido, miré al techo y lo vi en el mismo sitio. La gente gritaba en la calle, y era difícil respirar a causa del polvo. No, Dios mío, no es posible que mis hermanos estuvieran hasta hoy dentro de esa casa. Yo creo que habrán ido al mercado a vender lo que hayan cogido.

Cada palabra pronunciada era un esfuerzo angustioso de la decaída naturaleza de Siseta. Cubría su frente helado sudor, y sentada en el suelo apoyaba sus brazos en la estera para sostenerse. Pálida como la misma muerte, y con los ojos apagados y hundidos, daba pena de ver cómo se agostaba aquella planta, sin poder echarle un poco de agua.

De repente bajó metiendo mucho ruido el señor Nomdedeu, que al verme, me dijo:

—¡Oh, Andresillo! ¡Cuánto me alegro de que estés aquí! Supongo que traerás algo. Tú eres generoso y no te olvidas de los buenos amigos.

—Nada traigo, señor doctor; y si trajera, no sería para usted. Cada cual se las componga como pueda.

—¡Qué bromas gastas! Supongo que traerás siquiera un poco de trigo. Y tú, Siseta, ¿tienes algo para mí? ¿Tus hermanos no han traído nada? ¡Oh, amigos de mi alma! ¿No hay nada para este pobre infeliz que ve morir a su hija? Andrés, Siseta —añadió juntando las manos y poniéndose de rodillas delante de nosotros— haced la caridad, por amor de Dios, que todo lo que tuviereis de menos en la tierra lo tendréis de más en el cielo. Ya sabéis que *aquí dan uno por ciento y allá dan ciento por uno.* Andrés, Siseta, queridísimos amigos míos, vosotros que nadáis en la abundancia, socorred a este mendigo. Nada me queda ya: he vendido todos mis libros, y con las plantas de mi magnífico herbario, que he reunido durante veinte años, he hecho un cocimiento para dárselo a ella. Solo me restan las plantas malignas o venenosas, y la incomparable colección de *polipodiums*, que os puedo vender... ¿De veras que no tenéis nada? No puede ser. Ustedes esconden lo que tienen; ustedes me engañan, y esto no lo puedo consentir; no, no lo consentiré.

De esta manera, Nomdedeu pasaba de la aflicción más amarga a una cólera hostil y atrabiliaria, que a Siseta y a mí nos infundió bastante recelo.

—Señor Nomdedeu —dije resuelto a alejar de nosotros huésped tan importuno— no tenemos nada. Ya ve usted. El pobre Gasparó se muere, y no podemos darle un buche de agua con vino. Déjenos usted en paz o tendremos un disgusto.

—Eso se verá. Yo no me voy de aquí sin algo. Ustedes esconden lo que van comprando con los cuartos que traen los chicos. Mi hija no puede seguir así muchas horas, Andrés. Que se rinda Gerona, sí, señor, que se rinda, y que se vaya al infierno con cien mil pares de demonios el señor don Mariano Álvarez, que ha dicho esta mañana: «Cuando la ciudad principie a desfallecer, se hará lo que convenga.» No sé a qué espera. Aún no cree que la ciudad está bastante desfallecida. ¡Oh! Lo que debiera hacer el gobernador es castigar a los pillos que acaparan las vituallas, privando a sus semejantes de lo más preciso, y ustedes son estos, sí, señor. Ustedes tienen esas arcas llenas de comestibles, y lo menos hay ahí diez onzas de cecina y un par de docenas de garbanzos. Esto es un robo, un robo manifiesto. Siseta, Andrés, amigos míos: ya he vendido todas las estampas y cuadros de mi casa. ¿Queréis el perrito que bordó en cañamazo mi difunta esposa cuando estaba en la escuela? ¿Lo queréis? Pues os lo daré, aunque es una prenda que he estimado como un tesoro, y de la cual hice propósito de no deshacerme nunca. Os doy el perrito si me dais lo que está guardado en el arca.

Abrimos el arca, mostrándole su horrenda vaciedad; pero ni aun así se dio por vencido. Estaba frenético, con apariencias de trastorno semejante a la embriaguez o al delirio de los calenturientos, y al hablar su lengua sin fuerza chasqueaba las palabras, entonándolas a medias, como un badajo roto que no acierta a herir de lleno la campana. Temblaba todo él, y el llanto y la risa, la pena, la ira, la resignación o la amenaza se expresaban sucesivamente en las rápidas modificaciones de su fisonomía agitada y movible como la de un cómico.

Cuando me levanté para obligarle a salir, amenazome con los puños, y en un tono que no es definible, pues lo mismo podía ser dolorido llanto que honda rabia, nos dijo:

—Miserables, ladrones de lo ajeno. Haré lo que dice el gobernador. Sí, Andrés, Siseta. Mi hija no se morirá; mi pobre hija no se morirá, porque cuando no haya otra cosa nos comeremos a ustedes y después se resolverá lo que más convenga.

Cuando se retiró, Siseta me dijo:

—Andrés, yo no sé si viviré mucho más que Gasparó. Haz el favor de buscar a mis hermanos. Si Dios ha determinado que en este día se acabe todo, se acabará. Somos buenos cristianos y moriremos en Dios.

XVI

Dejando para más tarde la exploración al mercado, marché a la abandonada vivienda de don Juan Ferragut, canónigo de la catedral, que desde los primeros días del sitio huyó de Gerona buscando lugar más seguro. Aunque este veterano de las milicias docentes de Cristo no figura en mi relación, debo indicar que era el primer anticuario de toda la alta Cataluña; hombre eruditísimo e incansable en esto de reunir monedas, escarbar ruinas, descifrar epígrafes y husmear todos los rastros de pisadas romanas en nuestro suelo. Su colección numismática era célebre en todo el país, y además poseía inapreciable tesoro en vasos, lámparas, arneses y libros raros; pero el grande amor que tenía a estos objetos no fue parte a detenerle en su huida, abandonando la historia romana y carlovingia por poner en seguro la más que ninguna inestimable antigualla de la propia vida. Luego una bomba arregló el museo a su manera.

Entrábase en la desierta casa por una pequeña puerta que comunicaba ambos patios, y que los vecinos solían tener abierta para venir a tomar agua en el del nuestro. Cuando penetré en el patio, hallé que una gran parte de este se había trocado en recinto cubierto, formado por la acumulación de vigas y tabiques atascados en un ángulo antes de llegar al piso. Aquel improvisado techo no necesitaba sino ligero impulso, una voz fuerte, una trepidación insensible para caer al suelo. Adelantando cuidadosamente llegué a la caja de la escalera, abierta a la luz y al aire por el hundimiento de las salas de la fachada y de una parte del techo por donde penetró la bomba. Cubrían el suelo muebles confundidos con trozos de pared, vidrios y mil desiguales fragmentos de preciosidades artísticas, materia caótica de la historia, que ningún sabio podía ya reunir ni ordenar. La escalera había perdido uno de sus tramos, y para subir era preciso trepar, saltando abruptas alturas. Desde abajo veíase el interior de una alcoba que debía ser la del señor canónigo, la cual pieza con un testero de menos, y conservando parte de sus muebles, se asemejaba a los aposentos de juguete para los niños, cuando se les quita la tapa o pared lateral, cuya ausencia permite ver el lindo interior. Si algunos cuadros, cofres y roperos manteníanse arriba en los mismos puestos que desde luengos años ocupaban, en cambio la cama del canónigo yacía en lo hondo de la escalera en una postura que podemos llamar boca abajo. Los gruesos pilares de aquel mueble, que no era otra cosa que un mediano monte de roble, aparecían por diversos puntos tronchados, esparciendo sus agudas astillas, y las colgaduras en desorden dejaban ver entre sus pliegues los brazos de marfil de un Santo Cristo, y las secas ramas de unas disciplinas. De entre los despojos de la piedra, y en la oscuridad de los rincones y honduras que formaban, vi surgir el brillo de dos discos luminosos, como dos puntos, como dos ojos que me miraban. A pesar de que sentí súbito temor, bajeme a recoger aquellas luces. Eran los espejuelos del buen Ferragut.

En la imposibilidad de subir, di voces al pie de la escalera, por ver si desde aquellas solitarias cavidades me respondía alguno de los muchachos a quienes buscaba. Grité con toda la fuerza de mis pulmones: ¡Badoret, Manalet!, pero nadie me respondía. Recorrí todo lo bajo, explorando lo más escondido y lo más peligroso de los escombros, y solo encontré la barretina de uno de los chicos; pero esto no era suficiente razón para suponer que ellos existiesen bajo las ruinas. Por último, regresando al hueco oí un agudo silbido, que resonaba en lo más alto del tejado. Aguardé un rato, y en breve oyéronse de nuevo los mismos agudos sones, y apareció una figura, que desde arriba con evidente peligro se inclinaba para mirar hacia el fondo. Era Badoret.

El muchacho, poniéndose ambas manos en la boca, gritó: ¡Manalet, alerta!

Y luego forzando la voz, añadió: —¡Allá van! ¡Allá va Napoleón, con toda la guardia imperial, y la tropa menuda!

Dicho esto desapareció, y yo me quedé absorto esperando ver a Napoleón con toda la guardia imperial. En efecto; por la rota escalera descendía a escape tendido un numeroso ejército cuyos precipitados pasos metían bastante ruido. Saltaban de peldaño en peldaño por entre los pedazos de vigas, y con ligereza suma franqueaban los claros de la escalera, gruñendo, chillando, escarbando, describiendo piruetas, curvas, círculos, y empujándose, confundiéndose y precipitándose unos sobre otros.

Delante iba el mayor de todos que era grandísimo, como ser de privilegiada magnitud y belleza entre los de su clase, y seguíanle otros de menos talla y muchos pequeños, entre los cuales había jovenzuelos, juguetones y muchos graciosos niños. No eran docenas, sino cientos, miles, ¡qué sé yo!, un verdadero ejército, una nación entera, masa imponente que en otras circunstancias me habría hecho retroceder con espanto. Las oscilaciones de sus largos rabos negros eran tales, que parecían culebras corriendo en medio de ellos, y sus brillantes ojos de azabache expresaban el azoramiento y la ansiedad de retirada tan vergonzosa. Venían hostigados, y la inmunda caterva pasó junto a mí y en derredor mío con rapidez inapreciable escurriéndose por entre los escombros hacia el patio. Seguíalos yo con la vista, y por una oscura puertecilla que vi en la pared, sumergiéronse todos en un segundo, como chorro que cae al abismo.

Yo no había visto aquella puerta abierta en un ángulo y que ocultaban dos toneles puestos en el patio. Acerqueme a ella y desde la boca grité:

—Manalet, ¿estás ahí?

Al principio no sentí rumor alguno, sino un lejano y vago son de hojarasca que me parecía producido por las pisadas de la guardia imperial sobre montones de yerba seca. Pero al poco rato creí sentir como voces y lamentos que al principio parecieron aprensión mía o eco de mis propios gritos; pero oyendo que se repetían más acentuados cada vez, resolví aventurarme en lo interior del aposento oscurísimo que ante mí se abría.

Nada pude ver en los primeros momentos; mas a poco de estar allí distinguí las formas robustas de las tinajas y toneles, cajones rotos, arreos de caballerías y de carros, y mil objetos de indefinible configuración, que iban saliendo poco a poco de la oscuridad a medida que mis ojos se acostumbraban a ella.

El sitio era poco agradable, y no sé por qué las barrigas de aquellas tinajas me ofrecían un aspecto temeroso, causa para mí de invencible horror. Yo reconocí en aquellas formas extravagantes las de ciertos monstruos que venían a amedrentarme en mis sueños de enfermo, y no les faltaba más que cuatro patas resbaladizas, húmedas, cartilaginosas, para arrojarse sobre mí. A los pocos pasos produje el mismo ruido de hojarasca que antes había sentido, y observé que pisaba grandes capas de yerba seca, depositada allí sin duda para bestias que no habían de comerla.

De pronto, señores, sentí que las hojas sonaban pisadas por mil patitas, y los cabellos se me erizaron de espanto. ¿Por qué, si allí no había leones, ni tigres, ni culebras, ni ningún animal verdaderamente fuerte y temible? Lo cierto es que tuve miedo, un miedo inmenso que heló la sangre en mis venas, dejándome atónito y paralizado. Quise huir y hundime en la yerba seca. Revolví los ojos en torno mío, y aumentó mi terror al ver que se disponía para acometerme por distintos lados con la rabia de mil bestias feroces todo el ejército imperial.

En un instante me sentí mordido y rasguñado en los tobillos, en las piernas, en los muslos, en las manos, en los hombros, en el pecho. ¡Infame canalla! Sus ojuelos negros y relucientes como pequeñas cuentas, me miraban gozándose en la perplejidad de la víctima, y sus hocicos puntiagudos se lanzaban con voracidad sobre mí. Grité, pateé, manoteé; pero la flojedad del suelo en que me sostenía imposibilitaba mi defensa, y con esfuerzos extraordinarios pugnaba por echarme fuera de aquel mar de hoja seca en el cual, si era difícil el correr, más difícil era el nadar. La turba insolente, aguijoneada por el hambre, se atrevía a atacarme. ¿Qué puede uno solo de aquellos miserables animales contra el hombre? Nada; pero ¿qué puede el hombre contra millares de ellos, cuando la necesidad les obliga a asociarse para combatir al rey de la creación? Hallándome sin defensa, exclamé con angustia: ¡Badoret, Manalet, venid en mi auxilio! ¡Socorro!

Por último, conseguí poner el pie en tierra firme, y sacudiendo manotadas a diestra y siniestra, logré aminorar el vigor del ataque. Corrí de un lado para otro, y me siguieron; subime a un gran tonel, y veloces como el rayo subieron ellos también. Su estrategia era admirable; adivinaban mis movimientos antes de que los realizase, y como saltara de un punto a otro, me tomaban la delantera para recibirme en la nueva posición. Animábanse en el combate por un himno de gruñidos que a mí me daba escalofrío, y parecía que rechinaban en acordada música militar sus dientes, demostrando gran rabia y despecho todos aquellos que no podían hacerme presa.

¡Terrible animal! ¡Qué admirablemente le ha dotado la Providencia para que se busque la vida a despecho del hombre, para que se defienda contra las agresiones de fuerza superior, para que venza obstáculos naturales, para que haga suyas las más laboriosas conquistas humanas; para que mantenga su inmensa prole en lo profundo de la tierra y al aire libre, en los despoblados lo mismo que en las ciudades! La Providencia le ha hecho carnívoro para que encuentre alimento en todas partes; le ha hecho un roedor para que devore a pedazos lo que no puede llevarse entero; le ha dado ligereza para que huya; blandura para que no se sientan sus alevosos pasos; finísimo oído para que conozca los peligros; vista penetrante para que atisbe las máquinas preparadas en su daño, y agudo instinto para que con hábiles maniobras burle vigilancias exquisitas y persecuciones injustas. Además posee infinitos recursos y como bestia cosmopolita, que igualmente se adapta a la civilización y al salvajismo, posee vastos conocimientos de diversos ramos, de modo que es ingeniero, y sabe abrirse paso por entre paredes y tabiques para explorar nuevos mundos; es arquitecto habilísimo, y se labra grandiosas residencias en los sitios más inaccesibles, en los huecos de las vigas y en los vanos de los tapiales; es gran navegante, y sabe recorrer a nado largas distancias de agua, cuando su espíritu aventurero le obliga a atravesar lagunas y ríos; se aposenta en las cuadernas de los buques, dispuesto a comerse el cargamento si le dejan, y a echarse al agua en la bahía para tomar tierra si le persiguen; es insigne mecánico, y posee el arte de trasportar objetos frágiles y delicados, secretos de que el hombre no es ni puede ser dueño; es geógrafo tan consumado, que no hay tierra que no explore, ni región donde no haya puesto su ligera planta, ni fruto que no haya probado, ni artículo comercial en que no haya impreso el sello de sus dieciséis dientes; es geólogo insigne y audaz minero, pues si advierte que no disfruta de grandes simpatías a flor de tierra, se mete allí donde jamás respiró pulmón nacido, y construye bóvedas admirables por donde entra y sale orgullosamente, comunicando casas y edificios, y huertas y fincas, con lo cual abre ricas vías al comercio y destruye rutinarias vallas; y por último, es gran guerrero, porque además de que posee mil habilidades para defenderse de sus enemigos naturales, cuando se encuentra acosado por el hambre en días muy calamitosos, reúne y organiza poderosos ejércitos, ataca al hombre, y al fin, si no halla medio de salir del paso, estos ejércitos se arman unos contra otros, embistiéndose con tanto coraje como táctica, hasta que al fin el vencedor vive a costa del vencido.

Poseyendo un gran sentido civilizador, se acomoda al carácter de las comarcas y regiones que escoge para desarrollar su genio activo, y come siempre de lo que hay. Eso sí, no respeta ni sabe respetar nada: en el tocador de la dama elegante se come los perfumes; y en casa del boticario las medicinas. En la iglesia hace mil condimentos con las reliquias de los santos, y en los teatros se apropia los coturnos de Agamenón y la loriga de don Pedro el Cruel. Artista a veces, si el destino le lleva a los museos, se almuerza a Murillo y cena con algo de Rafael, y cuando acierta a penetrar en casa de los anticuarios o de los eruditos, se convierte en uno de estos por la influencia de la localidad, es decir, que se traga los libros.

Todas estas eminentes cualidades las desplegó contra mí la inmensa falange. Aquellos padres que por dar de comer a sus hijos; aquellos amantes esposos que por librar de la muerte a sus mujeres, no vacilaban en mirar frente a frente a un ser superior, tenían toda la perversidad que dan las supremas exigencias de la vida. Pero era realmente una vergüenza para mí el rendir mi superioridad de fuerza y de inteligencia ante aquella chusma de los bodegones, que procedentes de distintos puntos de la ciudad, por caminos solo sabidos de ella sola, se había reunido en tal sitio. Así es, que reponiéndome al cabo de algún tiempo de mi primitivo susto, arrebaté un palo que al alcance de la mano vi, y haciendo pie firme sobre el tonel, comencé a descargar golpes a todos lados, increpando a mis enemigos con todos los vocablos insultantes, groseros y desvergonzados de la lengua española.

Si no obtuve desde luego por este medio ventajas positivas, conseguí al menos amedrentar a los pequeños, que eran los más insolentes, y solo los grandes continuaron empeñados en roerme. Pero los grandes me ofrecían un blanco más seguro, y he aquí que después de un rato de combate peligroso, incesante, en que multiplicaba los movimientos de mis brazos y piernas con rapidez más propia de un bailarín que de un guerrero, comencé a adquirir alguna ventaja. La ventaja en las batallas, una vez que se manifiesta, va creciendo en proporción geométrica, determinada por los temores y recelos del que flaquea, por el orgullo y reanimación del que gana terreno, y esto me pasó a mí, que al fin, señores míos, a fuerza de trabajo y de angustia pude adquirir el convencimiento de que no sería devorado.

Cuando me vi libre de la guardia imperial (pues no renuncio a darle este nombre) me hallaba tan cansado que di con mi cuerpo en tierra.

—Si me atacan otra vez —dije para mí— acabarán conmigo.

XVII

Pero en la desbandada del numeroso ejército, no abandonaron el campo todos los combatientes, no: allí enfrente de mí, arrastrando por el suelo su panza formidable estaba uno, el más grande, el más fuerte ¿por qué no decirlo?, el más hermoso de todos, fijando en mí el chispeante rayo de sus negras pupilas, con la oreja atenta, el hocico husmeante, las garras preparadas, el pelo erizado, y extendida la resbaladiza cola escamosa y pardusca.

—¡Ah, eres tú, Napoleón! —exclamé en voz alta como si el terrible animal entendiese mis palabras—. Ya te reconozco. Eres el mayor y el más fuerte de todos, eres el que iba delante cuando bajabais por la escalera. Infame, tu corpulencia y tus años te dan sobre los de tu ralea la superioridad que demuestras; pero eres un egoísta que por tu propio provecho reúnes a tus hermanos para que te ayuden en tus carnicerías. Miserable, ellos están flacos y tú estás gordo. Lo que ellos husmean tú te lo comes, y a falta de otro manjar, devorarás a los pequeñuelos que te siguen, orgullosos de tener un general tan bravo. Miserable, ¿por qué me miras? ¿Crees que te temo? ¿Crees que temo a una vil alimaña como tú? El hombre, que a todos los animales domina, que de todos se vale, que se alimenta con los más nobles ¿temblará ante un indigno roedor como tú?

Corrí hacia él, pero desapareció agachándose para esconderse entre unos maderos. Despejé aquel sitio; pero él se escurrió ligeramente y le perdí de vista. Esta exploración me llevó muy adelante en la larga bodega, y en la crujía inmediata vi que se desparramaban a un lado y otro, corriendo por encima de las tinajas y por las mil sinuosidades de la pared, mis enemigos de un momento antes. Todos me miraban pasar y corrían de un lado para otro. No me quedaba duda de que eran algunos miles. A cada instante me parecía mayor su número.

En un rincón de la última crujía había un pequeño tonel en pie tapado con una baldosa, con aspecto muy parecido al de una colmena. Cierto vago rumor que de allí salía, me hizo fijar la atención, y entonces vi que por la posición del tonel, la boca estaba de frente. Pero lo que me causó sorpresa no fue esto, sino que por dicha boca apareció un dedo y después dos. En el mismo momento una voz al mismo tiempo infantil y cavernosa, como voz de niño que sale por el agujero de un tonel, llegó a mis oídos diciendo:

—Andrés, ya te veo. Aquí estoy. Soy yo, Manalet. ¿Se ha ido esa canalla? Me he encerrado aquí para que no me comieran, y he tapado mi casa con una baldosa. ¿Tienes algo de comer?

—No; ya puedes salir. No tengas miedo —le respondí.

—Están ahí todavía. Siento sus patadas. Son cientos de miles. Ayer no había tantos; pero Napoleón ha ido esta mañana y ha vuelto con no sé cuántos miles más. Toma este eslabón y esta yesca, Andrés. Prende fuego en un manojo de yerba, teniendo cuidado de que no se encienda todo y verás cómo echan a correr.

Diome por el agujero el pedernal, eslabón y pajuela, y al punto hice fuego. Cuando el resplandor de la llama iluminó las oscuras bóvedas y muros, todos los caballeros corrieron despavoridos, y bien pronto no quedó uno. Ignoro el lugar de su repentina retirada.

—Se han ido —dije—. Ya puedes salir.

Entonces vi que se levantaba la baldosa que tapaba el tonel y aparecieron los cuatro picos negros de un bonete de clérigo. Debajo de este tocado se sonreía con expresión de triunfo la cara de Manalet.

—Si tú no vienes —dijo— ¿qué hubiera sido de mí?

—¡Bonito sombrero! —exclamé riendo.

—Perdí la barretina, y como tenía frío en la cabeza...

—¿Y Badoret?

—Está en el tejado. Oye lo que nos pasó. Ayer cazamos algunos; pero no pudimos coger a Napoleón; que así le llamamos por ser el más grande y el más malo de todos. Cuando anocheció, anduvimos dando vueltas por la casa y nos encontramos una cama; ¡qué cama, Andresillo! Era la del canónigo. Como valía más que la nuestra, nos acostamos en ella; pero no pudimos dormir, porque al poco rato sentimos un rum de dientes y uñas... Eran esos pillos que se estaban cenando la biblioteca. Nos levantamos, Andrés, y les apedreamos con los libros y con los muchos cacharros y figuritas de barro que el canónigo tiene allí. ¿Pues creerás que no pudimos coger ninguno vivo? Perseguidos por nosotros, se fueron en bandada al tejado, luego bajaron al patio, volvieron, y nosotros siempre tras ellos sin poderlos pescar. Pero me dijo Badoret: «Yo me voy al tejado, y les hostigaré para que bajen. Ponte tú a la entrada de la bodega, detrás de la puerta, y conforme vayan entrando, les vas descargando palos, y alguno ha de caer.» Así lo hicimos. Yo bajé aquí, y desde arriba Badoret me decía: «Alerta, Manalet. ¡Allá van!» ¿Querrás creer que estando yo en esa puerta entraron todos en batallón con tanta fuerza que me caí al suelo? Cuando me levanté encendí la luz y todos se marcharon; pero luego volvieron y entre todos casi me comen. ¡Ay, Andrés, qué miedo! Uno me roía por aquí, otro por allá, y yo empecé a llorar, porque ya creía no volver a ver más a Siseta, a Gasparó, a ti ni al señor Nomdedeu. Pero, amigo, oye lo que hice para escapar: le recé a San Narciso y a la Virgen unos ocho padrenuestros lo menos, y cátate aquí que no había de decir *más líbranos del mal amén*, cuando, chico, suenan unos truenos, unos cañonazos, unos estampidos tan terribles que aquello parecía el fin del mundo. ¿Qué crees que era? Pues nada más sino que un gigante empezó a dar patadas en la casa, encimita de aquí, y desde esta misma bodega sentí caer las paredes. Allí habías de ver cómo corrían estos bichos, llenos de miedo por los golpes que dio el gigante mandado por la Virgen y San Narciso para salvarme. Me parece que le estoy oyendo.

—Pues qué, ¿habló también?

—Sí, hombre. Pues no había de hablar. Después de dar muchas patadas dijo con un vozarrón muy fuerte: «¡Canallas, dejad a Manalet!» Pues verás. Después de esto quise salir, pero no encontré la puerta. Me volví loco dando vueltas para arriba y para abajo, y otra vez recé a San Narciso y a la Virgen para que me sacaran. Nada, no me querían sacar. Luego volvió Napoleón, y con él muchos, muchísimos más, porque has de saber que por el agujero que está debajo de aquella pipa se pasan de esta casa al almacén de la calle de la Argentería, y también van al río, y a las casas de la plaza de las Coles. Como ahora no encuentran qué comer en ninguna parte, andan de aquí para allí y entran y salen. Pues, hijito, la volvieron a emprender conmigo, y la segunda vez no me valió rezar hasta dieciocho o diecinueve padrenuestros. Lo que hice fue encender luz, y entonces me dejaron en paz; pero tenía tanto miedo que me metí en el tonel donde me encontraste y lo tapé con la baldosa para estar más seguro. Yo decía: «¿Pero tendré que estar aquí un par de años, San Narcisito de mi alma?» Y me acordaba de Siseta y de Gasparó. ¡Ay, Andrés, si no vienes tú, allí me quedo!

—Pues vámonos fuera —le dije tomándole por la mano— y busquemos a Badoret para salir de esta casa. Veo que los dos sois unos cobardes, que os habéis dejado acoquinar por esos animalitos. ¿Habéis llevado algo al mercado?

—¡Qué habíamos de llevar! Espérate y verás. Hemos de coger vivos un par de docenas, y si tú nos ayudas... Andresillo, Napoleón vale lo menos nueve reales. Si le cogiéramos...

Salimos fuera y Manalet se sorprendió de ver los destrozos causados en la casa por la explosión del proyectil.

—Mira los desperfectos hechos por el gigante que vino a salvarte, Manalet. Ahora tratemos de subir en busca de tu hermano.

—En el otro patio hay una escalera chica por donde se puede subir —dijo—. ¡Cómo está la casa! Bien decía yo que el gigante, por querer meter mucho ruido, la destrozó toda.

Subimos, y en ninguna de las habitaciones del piso principal vimos al buen Badoret. Le llamábamos, pero ninguna voz nos respondía. Por último, le hallamos dormido sobre una cama colocada en uno de los últimos aposentos del desván. Despertámosle y nos llevó a la biblioteca donde, según dijo, tenía un repuesto de víveres que había encontrado en la casa.

—Sí, señor don Andrés —dijo sacando gravemente una llave del bolsillo de sus andrajosos calzones—. Aquí tengo una buena cosa.

Y abrió la gaveta de una gran cómoda antigua chapeada de marfil y madreperla. Lo primero que vi fue un gran número de antiguas monedas de cobre y plata, todas romanas, a juzgar por lo que había oído contar de las colecciones del canónigo Ferragut. Badoret apartó a un lado varios objetos, y descubrió un niño Jesús de esa pasta de alfeñique que tan bien han hecho siempre las monjas.

—Este es un regalito que hicieron las monjas al señor canónigo —dije tomándolo—. Se lo llevaremos a Siseta. En casos de hambre, es lícito comerse lo ajeno. Muchachos, cuidado con coger una sola de esas monedas.

Al niño Jesús le faltaba una pierna devorada por Badoret, y no pude evitar que Manalet se comiese la otra.

—¿Tienes algo más? —pregunté.

—Sí —dijo Badoret—. Si el señor Andrés quiere unas lonjitas de manuscrito de ochocientos años y una copa de tinta superior, se lo puedo servir.

Por el suelo yacían arrojados en desorden y medio roídos por los ratones, los preciosos manuscritos y los incunables, reunidos en tantos años por el celo y la paciencia del ilustre clérigo; y con un plano a pluma de la vía romana ampurdanesa, Badoret se había hecho un sombrero de tres picos.

—Aquí tengo un pincho que voy a llevar esta tarde a la muralla para ver qué dicen de él los franceses —dijo el mismo señalando una partesana del renacimiento, cuyo rico damasquino causaría admiración al menos inteligente—. Por ese agujero que está en el rincón, salieron varios generales que venían de la otra casa, y para cortarles la retirada lo tapé con la cabeza de aquella estatua de mármol que está debajo del sillón.

En efecto, una cabeza de ángel tapaba un agujero que se abría por el desconche de la mampostería en el zócalo de la pieza. Estaba ajustado y atacado con papeles y trozos de vitela, entre cuyos pliegues se advertía el hermoso colorido y el oro de las letras pintadas por los benedictinos de la Edad Media.

—Habéis destrozado todas las maravillas que aquí tenía el señor Ferragut —dije con enfado—. En cambio de tanta pérdida, nada habéis podido llevar hoy al mercado.

—Ya llevaremos, amigo Andrés —me contestó Badoret—. ¿Cómo está mi hermana? ¿Cómo está mi señor hermano don Gasparó? No salgo de aquí sin llevarles una buena pieza. La cabeza del niño Jesús será para el chiquito, el cuerpo para Siseta, un brazo para la señorita Josefina, y otro para el señor Nomdedeu. Veremos si se coge a Napoleón. Anoche vino aquí y quiso llevarse un pedazo de vela de cera. Si no estoy pronto a coger el violín en que tocaba el señor canónigo y a estampárselo encima, carga con ella.

En el suelo yacía hecho astillas el Estradivarius del buen Ferragut; pero Manalet le recogió con intento, según dijo, de hacer un barco con él.

—Andrés —dijo Badoret—. Napoleón es malo y traidor. No se deja coger, y sabe más que todos nosotros. Cuando viene con su gente, él se pone delante y les echa cada arenga... Cuando encuentran algo, él se lo come y da hocicadas a los demás. Aunque le tires encima palos, cacharros, estatuas, cuadros, monedas, libros, violines, bonetes, mapas y cuanto hay aquí no consigues matarle ni herirle. Te diré por qué. Tú crees que Napoleón es una rata. Aviado estás. No es sino el demonio, el demonio mismo. O si no, escucha. Anoche después que bajó Manalet, me tendí en la cama del canónigo, que es más blanda que la mía, y desde que cerré los ojos sentí que me roían un dedo. Sacudí la mano y aquello pasó. Pero luego empezaron a roerme otro dedo. ¡Ay, chico, qué miedo! Volviéndome del otro lado, me puse panza arriba. Entonces el condenado animal se me subió encima del pecho. Chico, cada pata pesaba tanto como la torre de San Félix; ya me iba aplastando, aplastando, y no podía respirar. Ya tenía el pecho como el canto de un papel... Aunque me daba muchísimo miedo, tenía muchísima gana de verlo, y dije: «¿abro los ojos o no los abro?» A veces decía: «los abro», y a veces decía: «pues no los abro.» Por fin, amigo, dije: «pues quiero verlo», y lo vi. ¡Jesús me valga! Lo tenía encima, echado sobre los cuartos traseros, y con las patas delanteras tiesas. Me miraba y los ojos no eran sino como dos lunas muy grandes. En la punta de cada pelo negro tenía una chispa de fuego, y los bigotes eran tan grandes, tan grandísimos como de aquí... como de aquí, ¿hasta dónde diré?, hasta el campanario de las monjas Descalzas. El picarón estaba muy satisfecho mirándome, y se relamía con una lenguaza de fuego encamado tan grande como toda la calle de Cort-Real, desde la plaza del Aceite hasta Ballesterías. Yo quería saltar pero no podía. ¡Pobrecito de mí! Quise echarme a llorar llamando a Siseta, pero tampoco pude. Así estuve hasta que me ocurrió decir: «Huye, perro maldito, al infierno.» Amigo, el animal saltó bufando. Corrí tras él de un aposento a otro y grité: «Por la señal de la Santa Cruz.» Del dormitorio corrió a la biblioteca, de la biblioteca al dormitorio, hasta que al fin... ¿qué pensarás que hizo? ¡Bendita sea mi boca! Pues reventó, quiero decir, saltó contra las paredes y el techo, y paredes y techo todo se vino abajo. La escalera que está pegada el dormitorio se cayó, haciendo un ruido, ¡qué ruido! Las paredes iban retumbando así, bum, bum... la cama, los muebles, todo se hizo pedazos, todo se cayó al fondo, y luego, chico, el patio subió arriba: yo vi el brocal del pozo volando por los aires, y el tejado se fue al patio y media casa se hizo polvo. Yo me acurruqué detrás de ese armario, y allí, con las manos en cruz, recé hasta que se me secó la lengua. Un sudor se me iba y otro se me venía. En fin, Andresillo, hasta que no llegó el día, no salí del rincón, ni se me quitó el miedo. Luego subí al desván, estuve rondando por las bohardillas que no se habían hecho pedazos, y allí me encontré otra vez con el señor Napoleón, seguido de su guardia imperial. Les hostigué: se retiraron por la escalera abajo, llamé a Manalet, no me respondió, me metí en el cuarto del ama del canónigo, registrando todo y en el arca encontré el niño Jesús de alfeñique y después, sin saber cómo ni cuándo quedeme dormido en la cama donde me encontraste.

—Pues ahora a casa —le dije—. Que vuestra hermana está con cuidado por ausencia tan larga.

—Despacio, amigo Andrés —me contestó el mayor—. Mira lo que tengo aquí preparado. ¿Ves este gran artesón? Pues se le pone boca abajo, levantado por un lado con una cañita, se ata a la punta alta de la cañita un hilito, se ponen debajo unos pedazos de esos ratoncillos muertos que hay en la escalera, los cuales quemaremos antes para que huelan; plantamos en el patio toda esta artimaña, y nos escondemos en la escalera, con el hilito en la mano para poder tirar sin que nos vean. Hacemos humo en el sótano quemando la yerba. Salen todos, con el gran Napoleón a la cabeza, y este los lleva al artesón, que es España; empiezan a roer diciendo: «qué buena conquista hemos hecho»; entonces tiramos del hilo, y España se les cae encima cogiéndoles vivos.

XVIII

Diciendo esto, cargaron con el artesón y bajáronlo al patio, y en un instante el traidor aparato quedó muy bien instalado, con el cebo dentro y el hilo en su sitio. España estaba dispuesta: no faltaba más que la invasión francesa.

Badoret entró impertérrito en la bodega y volvió al poco rato diciendo: —Están en guerra unos con otros. Vengan acá, que esto merece verse—. Entramos, y en efecto, vi la colosal batalla. Yo sabía que aquel enérgico y emprendedor animal se vuelve en su desesperación contra su propia casta cuando no encuentra en ninguna parte medios de subsistencia; pero jamás había visto los choques de aquellos feroces ejércitos, que se embestían con la saña salvaje de las primitivas guerras entre los hombres. Se arrojaban unos sobre otros, enredándose en horroroso vórtice, y se clavaban sin piedad las terribles armas de sus agudos dientes. Esta lucha no era en modo alguno una revuelta explosión de odios y hambres individuales, sino que tenía conjuntos poderosos, y las masas parduscas indicaban empujes colectivos dirigidos por el instinto militar que algunas castas zoológicas poseen en alto grado.

—Los que están bajo el tonel —dijo Badoret— son los del lado de allá del Oñá que han venido nadando. Con ellos están todos los de la parroquia de San Félix, y los de este lado son los de la plaza de las Coles, los más gordos, los más bravos, y tienen por jefe a Napoleón.

—Pues esos que han venido nadando —dije yo— no son otros que los ingleses, y los de la parroquia de San Félix son la gente del Norte. Me parece que va ganando Francia, es decir, la plaza de las Coles.

Sus gruñidos formaban un rumor espeluznante. Las desigualdades del terreno permitían a los ejércitos desarrollar en gran escala poderosa estrategia. Subían unos a apoderarse de un cajón vacío, y embestidos hábilmente por la espalda, eran arrollados y expulsados de su posición. Las masas pequeñas se reunían formando enorme cuña que al punto desbarataba la extensa línea de los contrarios; estos, desorientados y en desorden, reuníanse de nuevo concertando sus falanges, y sobre los cadáveres exangües, las mil patitas marchaban con vertiginosa carrera. Los más pequeños caían rodando impulsados por los grandes, y las panzas blanquecinas vueltas hacia arriba, variaban el informe aspecto de los valientes escuadrones. Las luchas individuales sucedían a los empujes colectivos, y la heroica sangre teñía los feraces campos. ¿A quién pertenece la victoria? Ahora lo veremos. Los de la plaza de las Coles dominaron el tonel, y plantándose allá con provocativa presunción, miraron jadeantes aún de cansancio, cómo huían hacía el fondo de la bodega las huestes destrozadas de la parroquia de San Félix y del otro lado del Oñá.

—Badoret, Manalet —exclamé yo—. Francia es vencedora. ¿Veis? Ya domina la hermosa Italia; observad cómo corre hacia el Norte esa nube de tudescos y sajones. Pero esto no ha concluido. Vedle allí. Ved cómo se relame, cómo enrosca el largo rabo reluciente cual una cuerda de seda. Con los ojuelos negros en que resplandece el genio de la guerra, observa desde aquella altura las diversas comarcas que tiene a sus pies, y los movimientos de sus desorganizados enemigos. Está midiendo el terreno, y su previsión admirable adivina los sitios que escogerán los otros para esperarle. Atended bien, Badoret y Manalet: reparad que después que ha descansado un rato, gozándose allá arriba con sus rápidos triunfos, se prepara a bajar de su trono. Inmensas falanges llenas de entusiasmo le rodean, y allá en el Norte el espacio resuena con el chirrido de mil dientes que chocan, y las colas azotan con impaciencia el suelo. Nuevas batallas se preparan, Badoret, Manalet. Esto no quedará así, y si no me engaño, el pérfido aspira a dominar todos los subterráneos, desde el Galligans hasta el puente de piedra y ambas orillas del hermoso Oñá. ¿Oís? Las belicosas uñas se afilan en el suelo, y en las cuentecitas de vidrio que tienen por ojos brilla el ardor de los combates. La hora terrible se acerca, y el ogro, hambriento de carne y nunca saciado, devorará a los hijos del Norte. ¡Ay! ¡Las pobres madres han concebido y dado a luz nada más que para esto! Ya van; ya se acercan. Ved cómo todos los de la otra crujía se reúnen, acudiendo de distintas partes. El ogro desciende pausadamente de su trono, y una aureola de majestad le rodea. A su vista los débiles se hacen fuertes y los tímidos se arrojan a los primeros puestos. Ya se encuentran y está trabada de nuevo la feroz pelea.

Avanzamos para ver mejor, y vimos cómo se devoraban llevando siempre la mejor parte los de abajo, es decir, Francia. Si los otros eran más fuertes, estos parecían más ligeros. Los del lado allá del Oñá, los de San Félix y el Matadero, se sostenían enérgicamente, pero al fin no les era posible resistir el empuje de sus contrarios, que parecían poseídos de sublime enajenación, y sus hociquitos negros y bigotudos lo arrasaban todo delante de sí. Si lo que les impulsaba a la lucha era pura y simplemente el anhelo de satisfacer su apetito, una vez trabada aquella, despierto y exaltado el genio militar, los escuálidos soldados no se acordaban de llenar sus panzas con los despojos del vencido, y un ideal de gloria les impelía a avanzar sobre los rotos escuadrones, sobre las tinajas teñidas de sangre, sobre el tonel jamás conquistado, dominándolo todo con su planta atrevida.

Creerán los oyentes que miento, que desfiguro los hechos, que pinto lo que me conviene; juzgarán que mi cabeza trastornada por las penalidades y debilitada por la inanición, forjó ella misma para su propio entretenimiento estas batallas de roedores, estas ambiciones de la última escala animal, para representar en pequeño las de la primera. Pero yo juro y perjuro que nada he dicho que no sea cierto, así como también lo es que Badoret, al ver cómo se destrozaban, encendió una buena porción de yerba, apartándola del resto, para que no se declarase incendio, y al instante el mucho y denso humo nos obligó a salir afuera apresuradamente.

—Ahora no quedará uno dentro —dijo Badoret—. Andrés y tú, hermano, coged un palo, y cuando salgan, de cada garrotazo caerá un regimiento. Yo tiraré del hilo de la trampa. Si algún otro que el gran Emperador se acerca a comerse el cebo, espantadle con un golpe. En la trampa no ha de caer sino Su Majestad.

Pronto la puerta de la oscura cueva empezó a vomitar gente y más gente, es decir, guerreros de aquella formidable pelea que habíamos visto. Corrieron por el patio en distintas direcciones, subieron la escalera, tornaron a bajar, y no pocos de ellos se acercaron al artesón en quien veían los chicos nada menos que la representación genuina de nuestra querida y desgraciada madre España. Badoret de improviso impúsonos silencio diciendo:

—Ahí viene; apártense todos, y abran paso a su grandeza.

En efecto, el más grande, el más hermoso, el más gordo de aquellos caballeros, apareció en la puerta del subterráneo. Desde allí revolvió con orgullo a todos lados los negros ojos, y moviéndose despaciosamente, arrastraba con elegantes ondulaciones el largo rabo. Contrajo el hocico, mostrando sus dientes de marfil, y rasguñó el suelo con majestuoso gesto. Anduvo largo trecho entre la turbamulta de los suyos, que con desdén miraba, y al llegar a la mitad del patio, vio aquel inusitado aparato que teníamos dispuesto. Acercose, y estuvo mirándolo por diversas partes, sorprendido sin duda de su extraña forma, y solicitado de los olorosos reclamos del cebo hábilmente puesto dentro. Muy por lo bajo, dije yo a Manalet:

—Este Emperador tiene demasiado talento para meterse aquí.

—Quién sabe, Andresillo —me contestó el chico—. Como está tan enfatuado con las batallas que acaba de ganar, y se le habrá puesto en la cabeza que para él no hay ratoneras, ni trampas, ni lazos, puede que se ciegue y se meta dentro.

Napoleón se acercó con paso resuelto. Aunque dotado de inmensa previsión y de penetrante vista, el humo de gloria que llenaba su cerebro había enturbiado sus poderosas facultades, y encontrándolo todo fácil, sin ver más que a sí mismo y a su feliz estrella, precipitose decididamente dentro de España. El hilo funcionó, y cayendo con estrépito la artesa, Su Majestad quedó en la trampa.

—¡Ah, pícaro, tunante, ladrón! —exclamó Badoret saltando de gozo—. Ahora las vas a pagar todas juntas.

—Irá vivo al mercado —añadió el otro— y nos darán por su cuerpecito nueve reales. Ni un cuarto menos, hermano Badoret.

XIX

Atado por el rabo el vencedor de Europa, los chicos querían llevarlo al mercado; pero yo lo tomé para mí, diciéndoles:

—Si trabajáis un poco más no os faltarán otros respetables sujetos que llevar al mercado. Dejad este para mí, que lo necesito, y coged a Saint-Cyr, a Duhesme, a Verdier y a Augereau.

Haciendo, pues, nuevas y valiosas presas se marcharon.

Yo atravesaba la puertecilla, mejor dicho, el agujero que comunicaba al patio de la casa de Ferragut con la mía, cuando mi cabeza tropezó con otra cabeza. Nos topamos el señor Nomdedeu y yo, él queriendo entrar y yo queriendo salir.

—Detente un rato más, Andrés —me dijo con agitación— y ayúdame. Pero qué hermoso animal tienes ahí. ¿Cuánto pides por él?

—No lo vendo —repuse con orgullo.

—Es que yo lo quiero —me dijo con firmeza, deteniéndome por un brazo—. ¿Sabes que se ha muerto Gasparó? Mi hija se muere también, es decir, quiere morirse; pero yo no lo permito, no lo permitiré, no señor; estoy decidido a no permitirlo.

—Nada de eso me importa, señor Nomdedeu —repuse—. ¿Cómo está Siseta?

—¿Siseta? Se morirá también. He aquí una muerte que importa poco. Siseta no tiene padre que se quede sin hija. ¿Me das lo que llevas ahí?

—Usted bromea. Adiós, señor Nomdedeu. Por aquella puerta se baja a donde hay mucho de esto.

—¡Oh! ¡qué repugnante sitio! —exclamó el doctor—. ¿Pero qué llevas ahí? Un niño Jesús de alfeñique. Dámelo, Andrés, dámelo. ¡Azúcar! Dios mío. ¡Azúcar! ¡Qué rayo de luz divina!

—No puedo darlo tampoco. Es para Siseta.

El doctor se puso lívido, más lívido de lo que estaba, y mirome con una expresión rencorosa que me llenó de espanto. Le temblaban los labios, y a cada instante llevábase las convulsas manos a su amarillo cráneo desnudo. Me infundía lástima; me infundía además su vista poderoso egoísmo, y le detestaba, sí, le detestaba, sobre todo desde que tuvo la audacia de mirar con ávidos ojos el niño Jesús sin piernas que yo llevaba.

—Andrés —me dijo— yo quiero ese pedazo de azúcar. ¿Me lo darás?

Examine rápidamente a Nomdedeu. Ni él tenía armas, ni yo tampoco.

—Si no me lo das, Andrés —prosiguió— yo estoy dispuesto a que se pierda mi alma por quitártelo.

Diciendo esto, el doctor, sin darme tiempo a tomar actitud defensiva, arrojose sobre mí, y me hizo caer al suelo. Clavome las manos en los hombros, y digo que me clavó, porque parecía que manos de hierro, horadando mi carne, se hundían en la tierra. Luché, sin embargo, en aquella difícil posición, y conseguí incorporarme. La fuerza de Nomdedeu era vigorosa pero de poca consistencia, y se consumía toda en el primer movimiento. La mía, muscular e interna, carecía de rápidos impulsos; pero duraba más. ¡Oh, qué situación, qué momento! Quisiera olvidarlo, quisiera que se borrara por siempre de mi memoria; quisiera que aquel día no hubiese existido en la esfera de lo real. Pero todo fue cierto y lo mismo que lo voy contando. Yo pesé sobre don Pablo, como él había pesado sobre mí, y pugné por clavarlo en el suelo. Yo no era hombre, no, era una bestia rabiosa, que carecía de discernimiento para conocer su estúpida animalidad. Todo lo noble y hermoso que enaltece al hombre había desaparecido, y el brutal instinto sustituía a las generosas potencias eclipsadas. Sí, señores, yo era tan despreciable, tan bajo como aquellos inmundos animales que poco antes había visto despedazando a sus propios hermanos para comérselos. Tenía bajo mis manos, ¿qué manos?, bajo mis garras a un anciano infeliz, y sin piedad le oprimía contra el duro suelo. Un fiero secreto impulso que arrancaba del fondo de mis entrañas, me hacía recrearme con mi propia brutalidad, y aquella fue la primera, la única vez en que sintiéndome animal puro, me goce de ello con salvaje exaltación. Pero no fui yo mismo, no, no, lo repetiré mil veces; fue otro quien de tal manera y con tanta saña clavó sus manos en el cuello enjuto del buen médico, y le sofocó hasta que los brazos de éste se extendieron en cruz, exhaló un hondo quejido, y cerrando los ojos, quedose sin movimiento, sin fuerzas y sin respiración.

Me levanté jadeante y trémulo, con el juicio trastornado, incapaz de reunir dos ideas, y sin lástima miré al desgraciado que yacía inerte en el suelo. El niño de alfeñique cayóseme de las manos, y Napoleón, que durante la lucha se había visto libre, cargó con él, huyendo a todo escape, con el hilo aún atado en la cola.

Esperé un momento. Nomdedeu no respiraba. La brutalidad principió a disiparse en mí, y así como en las negras nubes se abre un resquicio, dando paso a un rayo de Sol, así en los negrores de mi espíritu se abrió una hendidura, por donde la conciencia escondida escurrió un destello de su divina luz. Sentí el corazón oprimido; mil voces extrañas sonaban en mi oído, y un peso, ¡qué peso!, una enorme carga, un plomo abrumador gravitó sobre mí. Quedeme paralizado, dudaba si era hombre, reflexioné rápidamente sobre el sentimiento que me llevara a tan horrible extremo, y al fin atemorizado por mi sombra, huí despavorido de aquel sitio.

Pasé al otro patio, y entrando en casa de Siseta, la vi exánime sobre el suelo. A un lado estaba el cadáver del pobre niño, y más al fondo advertí la presencia de una tercera persona. Era Josefina, que hallándose sola por largo tiempo en su casa, había bajado arrastrándose. Examiné a Siseta, que lloraba en silencio, y a su vista experimenté un temor inmenso, una angustia de que no puedo dar idea, y la conciencia que hace poco me enviara un solo rayo, me inundó todo de improviso con espantosas claridades. Un gran impulso de llanto se determinaba en mi interior; pero no podía llorar. Retorciéndome los brazos, golpeándome la cabeza, mugiendo de desesperación, exclamé sin poder contener el grito de mi alma irritada:

—Siseta, soy un criminal. He matado al señor Nomdedeu, ¡le he matado! Soy una bestia feroz. Él quería quitarme un pedazo de azúcar que guardaba para ti.

Siseta no me contestó. Estaba estupefacta y muda, y la extenuación, lo mismo que el profundo dolor, la tenían en situación parecida a la estupidez. Josefina acercándose a mí y tirándome de la ropa, me preguntó:

—Andrés, ¿has visto a mi padre?

—¿Al señor Nomdedeu? —contesté temblando como si el ángel de la justicia me interrogara—. No, no lo he visto... Sí... allí está... allí... pasando al otro patio.

Y luego, anhelando arrojar lejos de mí las terribles imágenes que me acosaban, volvime a Siseta y le dije:

—Siseta de mi corazón, ¿ha muerto Gasparó? ¡Pobre niño! ¿Y tú cómo estás? ¿Te hace falta algo? ¡Ay! Huyamos, vámonos de esta casa, salgamos de Gerona, vámonos a la Almunia a descansar a la sombra de nuestros olivos. No quiero estar más aquí.

Un extraordinario y vivísimo ruido exterior no me dejó lugar a más reflexiones ni a más palabras. Sonaban cajas, corría la gente, la trompeta y el tambor llamaban a todos los hombres al combate. Siseta alargó lentamente el brazo y con su índice me señaló la calle.

—Ya, ya lo entiendo —dije—. Don Mariano quiere que todos estos espectros hagan una salida, o resistan el asalto de los franceses. Vamos a morir. Anhelo la muerte, Siseta. Adiós. Aquí están los chicos. ¿Los ves?

Eran Badoret y Manalet que entraron diciendo:

—Hermana Siseta, trece reales, traemos trece reales. ¿Has arreglado a Napoleón? ¿Dónde está Napoleón?

Saliendo con mi fusil al hombro a donde el tambor me llamaba, corrí por las calles. Estaba ciego y no veía nada ni a nadie. Mi cuerpo desfallecido apenas podía sostenerse; pero lo cierto es que andaba, andaba sin cesar. Hablando febrilmente conmigo me decía; ¿pero estoy loco?... ¿pero estoy vivo acaso? ¡Terrible situación de cuerpo y de espíritu! Fui a la muralla de Alemanes, hice fuego, me batí con desesperación contra los franceses que venían al asalto, gritaba con los demás y me movía como los demás. Era la rueda de una máquina, y me dejaba llevar engranado a mis compañeros. No era yo quien hacía todo aquello: era una fuerza superior, colectiva, un todo formidable que no paraba jamás. Lo mismo era para mí morir que vivir. Este es el heroísmo. Es a veces un impulso deliberado y activo; a veces un ciego empuje, un abandono a la general corriente, una fuerza pasiva, el mareo de las cabezas, el mecánico arranque de la musculatura, el frenético y desbocado andar del corazón que no sabe a dónde va, el hervor de la sangre, que dilatándose anhela encontrar heridas por donde salirse.

Este heroísmo lo tuve, sin que trate ahora de alabarme por ello. Lo mismo que yo hicieron otros muchos también medio muertos de hambre, y su exaltación no se admiraba porque no había tiempo para admirar. Yo opino que nadie se bate mejor que los moribundos.

Allí estaba don Mariano Álvarez, que nos repitió su cantilena: «Sepan los que ocupan los primeros puestos, que los que están detrás tienen orden de hacer fuego sobre todo el que retroceda.» Pero no necesitábamos de este aguijón que el inflexible gobernador nos clavaba en la espalda para llevarnos siempre hacia adelante, y como muy acostumbrados a ver la muerte en todas formas, no podíamos temer a la amiga inseparable de todos los momentos y lugares.

La misma fatiga sostenía nuestros cuerpos hablábamos poco y nos batíamos sin gritos ni bravatas, como es costumbre hacerlo en las ocasiones ordinarias. Jamás ha existido heroísmo más decoroso, y a fuerza de ver el ejemplo, imitábamos el aspecto estatuario de don Mariano Álvarez, en cuya naturaleza poderosa y sobrehumana se estrellaban sin conmoverla las impresiones de la lucha, como las rabiosas olas en la peña inmóvil.

Por mi parte puedo asegurar que lleno el espíritu de angustia, alarmada hasta lo sumo la conciencia, aborrecido de mí mismo, me echaba con insensato gozo en brazos de aquella tempestad, que en cierto modo reproducía exteriormente el estado de mi propio ser. La asimilación entre ambos era natural, y si en pequenos intervalos yo acertaba a dirigir mi observación dentro de mí mismo, me reconocía como una existencia flamígera y estruendosa, parte esencial de aquella atmósfera inundada de truenos y rayos, tan aterradora como sublime. Dentro de ella experimentábanse grandes acrecentamientos de vida, o la súbita extinción de la misma. Yo puedo decirlo: yo puedo dar cuenta de ambas sensaciones, y describir cómo acrecía el movimiento, o por el contrario, cómo se iban extinguiendo los ruidos del cañón, cual ecos que se apagaban repetidos de concavidad en concavidad. Yo puedo dar cuenta de cómo todo, absolutamente todo, ciudad, campo enemigo, cielo y tierra, daba vueltas en derredor de nuestra vista, y cómo el propio cuerpo se encontraba de improviso apartado del bullidor y vertiginoso conjunto que allí formaban las almas coléricas, el humo, el fuego y los ojos atentos de don Mariano Álvarez, que relampagueando entre tantos horrores lo engrandecían todo con su luz. Digo esto porque yo fui de los que quedaron apartados del conjunto activo. Me sentí arrojado hacia atrás por una fuerza poderosa y al caer, bañándome la sangre, exclamé en voz alta:

—¡Gracias a Dios que me he muerto!

Un patriota que por no tener arma se contentaba con arrojar piedras, arrancó el fusil de mis manos inertes, y ocupando mi puesto gritó con alegría:

—Acabáramos. ¡Gracias a Dios que tengo fusil!

XX

Fui primero hollado y pisoteado, y sobre mi cuerpo algunos patriotas se empinaban para ver mejor hacia fuera; pero pronto me apartaron de allí y sentí el contacto de suavísimas manos. Pareciome que unos pájaros del cielo bajaban a posarse sobre mi cuerpo dolorido, trayéndole milagroso alivio. Aquellas manos eran las de unas monjas.

Diéronme de beber y me curaron, diciéndose unas a otras:

—El pobrecillo no vivirá.

Ignoro dónde estaba, y no me es posible apreciar el tiempo que transcurría. Solo en una ocasión recuerdo haber abierto los ojos adquiriendo la certidumbre de que me rodeaba oscurísima noche. En el cielo había algunas tristes estrellas que fulguraban con blanca luz. Sentía entonces agudísimos dolores; pero todo se extinguió prontamente, y cayendo en profundo sopor, vivía con largas interrupciones de sensibilidad. Otra vez abrí los ojos y vi que se estaban batiendo. Las monjas acudieron de nuevo a mí, y su asistencia me produjo muy vivo consuelo. Yo no hablaba: no podía hablar; pero un accidente harto original me obligó poco después a empeñarme en usar la palabra. Entre la mucha gente que por allí en distintas direcciones discurría, vi un muchacho en quien hube de reconocer a Badoret.

Badoret llevaba a cuestas el cuerpo de un niño de pocos años, cuyas piernas y brazos colgaban hacia adelante. Así cargaba comúnmente a su hermano cuando vivía, y así lo llevaba muerto. Hice un esfuerzo y llamé al muchacho. Este, que se inclinaba a examinar a los que allí en diversos puntos yacían, acercose a mí y me dijo:

—Andrés, ¿tú también has muerto?

—¿Por qué llevas a cuestas el cuerpecito de tu hermano?

—¡Ay! Andrés, me mandaron que lo echara al hoyo que hay en la plaza del Vino; pero no quiero enterrarlo, y lo llevo conmigo. El pobre ya no llora ni chilla.

—¿Y tu hermana?

—Hermana Siseta no se mueve, ni habla, ni llora tampoco. La llamamos y no nos responde.

Iba a preguntarle por Josefina; pero me faltó valor, se me extinguió la facultad de hablar, y nublándose mis ojos, vi desaparecer a Badoret, saltando con su lúgubre carga sobre los hombros.

La fiebre traumática se apoderó de mí con gran intensidad, reproduciéndome los hechos que habían precedido a la situación en que me encontraba. Siseta aparecía a mi lado con su hermano en los brazos, y yo le decía:

—Prenda mía, ya no podemos ir a sentarnos a la sombra de los olivos que tengo en la Almunia, porque mi conciencia va detrás de mí acosándome sin cesar, y tengo que huir y correr hasta que encuentre un sitio lejano a donde ella no pueda seguirme. No volveré a entrar jamás en tu casa, porque allí junto está, tendido en cruz sobre el suelo, don Pablo Nomdedeu, a quien maté porque me quería quitar mi azúcar. Yo me voy a donde no me vea gente nacida. Dame tu mano. Adiós.

Al decir esto, estaba besando la mano de una señora monja.

Otras veces creía sentir el contacto de un brazo junto al mío, y exclamaba: ¡Ah!, es usted, señor don Pablo Nomdedeu. Los dos hemos muerto y nos juntamos en lo que llamábamos allá *la otra vida*; solo que usted camina hacia el cielo, y yo voy derecho al infierno. Aquí donde estamos, entre estas oscuras nubes, ya no hay odios ni resentimientos. Me pesa de haberle matado a usted, y válgame el arrepentimiento. ¿Cómo había de consentir en darle a usted el azúcar? No, señor don Pablo, no lo consentiré jamás. ¿Aún insiste usted en quitármela, cuando despojados de la vestidura corporal, volamos los dos por esta región donde no hay ruido, ni luz, ni nada? ¿Aún aquí, equivocándonos de caminos, nos encontramos para reñir? Pero no, siga usted adelante y no se detenga a quitarme lo mío. Dios me perdonará mi crimen; yo fui atacado por usted, yo me defendía, y una bestia feroz que se metió dentro de mí, le mató a usted. Fue sin duda aquel infame Napoleón. ¡Oh! ¿Por qué quise apropiarme el aparente cuerpo de tan fiero demonio? Sí, ya te estoy viendo delante de mí... Allá voy, no me llames más. Vagando por estos espacios donde no hay ruido, ni luz, ni nada, yo creí que no te presentarías delante de mí; pero aquí estás. Cierra esos ojillos negros como cuentas de azabache, no claves en mí tus dientes más blancos que el marfil, ni enrosques esa culebra que llevas por cola. Ya sé que te pertenezco desde que cayó el artesón sobre ti, y tus tramas infernales me pusieron en el caso de matar a aquel santo varón, buen amigo, excelente padre y honrado patriota. Iré contigo al infierno, que será mi expiación. No vuelvas el horrendo hocico hacia atrás, que ya te sigo. Los arcángeles celestiales me azuzaron como a un perro cuando me acerqué a las puertas del Paraíso, y ahora camino hacia abajo. Adiós, Nomdedeu, ya te veo allá arriba. Brillas como una estrella; pero tu resplandor no ilumina esta oscuridad en que me veo. El calor de las llamas que despides por la boca, infame Napoleón, me está abrasando, me ahogo en una atmósfera de fuego, y una sed espantosa seca mi boca. ¿No hay quién me dé un poco de agua?

Un vaso tocó mis labios. Las monjas me daban agua.

Luego tornaba a los mismos delirios, siempre éstos diversos a cada instante, ora terribles, ora gratos, hasta que un día me reconocí en el uso completo de mis sentidos y con el entendimiento claro y sin nubes. Vi el cielo encima, en derredor mucha gente que hablaba, y a mi lado un fraile. No se oían cañonazos, y el silencio, con serlo, parecía un ruido indefinible.

—Hijo mío —me dijo el fraile— ¿estás mejor? ¿Te sientes bien? Esa herida del pecho no es mortal. Si hubiera recursos en Gerona y se te alimentara bien, curarías como otros muchos.

—¿Qué ocurre, padre? ¿Qué día es hoy? ¿A cuántos estamos?

—Hoy es el 9 de Diciembre, y ocurre una inmensa desgracia.

—¿Qué?

—Está enfermo don Mariano Álvarez, y la ciudad se va a rendir.

—¡Enfermo! —exclamé con sorpresa—. Yo creí que don Mariano no podía estar enfermo ni morir. Moriremos nosotros; pero él...

—Él también morirá. Hoy le ha entrado el delirio y ha traspasado el mando al teniente del Rey don Juan Bolívar. Desde que Álvarez está en cama, nadie considera posible la defensa. Solo hay mil hombres disponibles, y aun estos están también enfermos. A estas horas hay junta de jefes para ver si se rinde o no la plaza en este día. Me temo que se saldrán con la suya los pícaros que quieren la rendición. Es una vergüenza que esto pase. Hay aquí mucha gente que no piensa más que en comer.

—Padre —dije yo— si hay algo por ahí, démelo, aunque sea un pedazo de madera. No puedo resistir más.

El fraile me dio no sé qué cosa; pero yo la devoré sin averiguar lo que era. Después le hablé así:

—¿Su paternidad está aquí auxiliando a los moribundos? Yo, aunque Dios en su infinita misericordia me conserve por ahora la vida, quiero confesar un gran pecado que tengo. Si no me quito de encima este gran peso, no podré vivir. Por ahí creerán que don Pablo Nomdedeu ha muerto de hambre o de miedo. No, yo debo declarar que le he matado porque me quiso quitar un pedazo de azúcar.

—Hijo mío —repuso el fraile— o estás aún delirando, o confundiste con otro al señor Nomdedeu, pues tengo la seguridad de haber visto a este hoy mismo, si no bueno y sano, al menos con vida. No descansa en lo de curar a diestro y siniestro.

—¡Cómo! ¿Es posible? —exclamé con estupefacción—. ¿Vive el señor don Pablo Nomdedeu, ese espejo de los médicos? Padre, tan buena nueva me devuelve por entero la vida. Yo le dejé por muerto en medio del patio. No puedo creer sino que ha resucitado para que su hija no quedase huérfana. Padre, ¿conoce usted a Siseta, la hija del señor Cristòful Mongat? ¿Sabe por ventura si vive?

—Hijo, nada puedo decirte de esa muchacha. Solo sé que la casa donde vivían el señor Mongat y el señor Nomdedeu, ha sido destruida por una bomba ayer mismo. Tengo idea de que todos sus habitantes se salvaron, excepto alguno que se ha extraviado, y no se le puede encontrar.

—¡Oh! ¡Si pudiera levantarme y correr allá! —dije—. Pero parece que me han clavado en esta maldita cama. ¿En dónde estoy?

—Esta es la cama en que murió Periquillo del Roch, asistente del señor don Francisco Satué, que es, como sabes, edecán del gobernador. Cuando murió Periquillo, te pusimos aquí, y ayer dijo Satué que te tomaría por asistente.

—¿Con que Su Paternidad no me da noticias de la pobre Siseta? El corazón me dice que no ha muerto, y que no soy por lo tanto viudo.

—¿Eres casado?

—Con el corazón. Siseta será mi mujer si vive... ¿Y dice Su Paternidad que no ha muerto el señor Nomdedeu?

—Así parece, pues se le ve por la ciudad. Verdad es que más bien tiene aspecto de un muerto que anda, que de persona viva.

—¿Será cierto lo que oigo? ¿Y el señor don Pablo se mueve?

—Anda, aunque cojo.

—¿Y abre los ojos?

—Sí; sus ojos parduzcos buscan las piernas rotas en la oscuridad de los escombros.

—¿Y habla?

—Con su voz clueca, que tan buenas cosas sabe decir.

—¿Pero es el mismo, o un remedo de don Pablo, una sombra que viene del otro mundo a figurar que pone vendas?

—El mismo, aunque de puro desfigurado, apenas se le conoce.

—¡Oh, qué inmensa alegría siento! ¿De modo que ha resucitado?

—No dudes que vive; pero también te aseguro que no doy dos ochavos por lo que le quede de razón.

En todo aquel día no me pude mover, aunque notaba de hora en hora bastante mejoría. La curiosidad y el afán me devoraban, anhelando saber la suerte de los míos, y aunque la certidumbre de no ser matador de Nomdedeu había dado gran tranquilidad a mi espíritu, el no saber el paradero de Siseta me entristecía en sumo grado. Sin moverme de allí supe que la plaza estaba a punto de rendirse, y que había ido a tratar con el general francés el español don Blas de Fournás. Esto tenía muy irritados a los fantasmas que con el nombre de hombres discurrían aún arma al brazo por las murallas destruidas, y fue preciso a Fournás, cuando salió de la plaza, ocultar el verdadero motivo de su viaje.

Álvarez, según oí, se agravaba por instantes y recibió los sacramentos el mismo día 9; pero aun en tal situación insistía en no rendirse, repitiendo esto con palabras enérgicas, lo mismo dormido que despierto. Muchos patriotas se resistían a creer que fuera cierto lo de la rendición, y la posibilidad de entregarse al extranjero causaba más horror que la muerte y el hambre; verdad es que muchos tenían aún la loca esperanza de que llegasen socorros.

Por la tarde empezó a susurrarse que al día siguiente entrarían los *cerdos*, y los patriotas acudieron a casa del gobernador, la cual, casi por completo arruinada, apenas conservaba en pie los aposentos donde el heroico paciente residía, y allí entre las ruinas, metiéndose por los claros de las paredes destruidas, alborotaron largo rato pidiendo a su excelencia que saliese de nuevo a gobernar la plaza. Dicen que Álvarez en su delirio oyó los populares gritos, e incorporándose dispuso que resistiéramos a todo trance. Enfermos o heridos los que aún vivíamos, con diez mil cadáveres esparcidos por las calles, alimentándonos de animales inmundos y sustancias que repugna nombrar, nuestro más propio jefe debía de ser y era un delirante, un insensato, cuyo grande espíritu perturbado aún se sostenía varonil y sublime en las esferas de la fiebre.

Al día siguiente pude dar algunos pasos sin alejarme mucho. De buena gana habría hecho una excursión por la ciudad visitando la casa de Siseta; pero las señoras monjas que tan cariñosamente me cuidaban impidiéronmelo. El capitán don Francisco Satué llegose a mí y me hizo saber que había resuelto tomarme por asistente en reemplazo de Periquillo Delroch, y yo, agradecido a su bondad, me tomé la libertad de decirle:

—Mi capitán: ¿sabe usía por dónde anda Siseta? Supongo que usía conoce a Siseta, la hija del señor Cristòful Mongat.

Satué no se dignó contestarme, y volvió la espalda, dejándome solo con mis horrorosas dudas. Yo preguntaba a todos; pero nadie me hablaba sino de la capitulación. ¡Capitular! Parecía imposible tal cosa cuando todavía existía pegado a las esquinas el bando de don Mariano: «*Será pasada inmediatamente por las armas cualquier persona a quien se oiga la palabra capitulación u otra equivalente.*»

Según oí decir, los franceses habían dado una hora de tiempo para arreglar la capitulación; pero nuestra Junta pedía un armisticio de cuatro días, prometiendo cumplirla si al cabo de dicho plazo no venía el socorro que desde Noviembre estábamos esperando. El mariscal Augereau no quiso acceder a esto, y por último, después de muchas idas y venidas de un campo a otro, firmáronse las condiciones de nuestra rendición a las siete de la noche del 10.

En este convenio, como en todos los que hicieron los franceses en aquella guerra, se pactó lo que luego no había de ser cumplido: respetar a los habitantes, respetar la religión católica y las vidas y haciendas, etc... Todo esto se escribe y se firma sobre un tambor dentro de una tienda de campaña; pero luego las órdenes expedidas desde París por la gran rata obligan a poner en olvido lo acordado.

—¡Bonito final! —me dijo el padre Rull, que me había asistido durante el penoso mal—. ¡Y que hayamos venido a esto después de haber resistido siete meses! ¿Y todo por qué, amigo Andrés? Porque no se reparten dos pavos por barba al día, y porque alguno se ha visto obligado a mantenerse chupando el jugo de un pedazo de estera. Dioscórides dice que el esparto contiene sustancias alimenticias. ¡Oh! Si Álvarez no hubiera caído enfermo, si aquel hombre de bronce pudiera aún levantarse de su lecho y venir aquí y alzar el bastón en la mano derecha... Ya sabes, Andrés, que la guarnición debe salir mañana de la plaza con los honores de la guerra, marchando a Francia prisionera. Creo que os pondrán a tirar del carro de Napoleón cuando salga a paseo... Los *cerdos* se nos meterán aquí mañana a las ocho y media, y parece han acordado no alojarse en las casas sino en los cuarteles. ¿Lo crees tú? Ya verás cómo no lo cumplen. Me parece que los veo echando a los vecinos a la calle para acomodarse sus señorías en las pocas casas que han dejado en pie. Y ahora te pregunto yo: ¿qué harán de nosotros, los pobres frailes? Amigo, con Gerona se acabó España, y con la salud de Álvarez se acabaron los españoles bravos y dignos. Muchachos, ¡viva don Mariano Álvarez de Castro, terror de la Francia!

Durante la noche, los vecinos y los soldados, sabedores ya de las principales cláusulas de la capitulación, inutilizaron las armas o las arrojaron al río, y al amanecer los que podían andar, que eran los menos, salieron por la puerta del Areny para depositar en el glacis unas cuantas armas si tal nombre merecían algunos centenares de herramientas viejas y fusiles despedazados. Los enfermos nos quedamos dentro de la plaza, y tuvimos el disgusto de ver entrar a los señores *cerdos*. Como no nos habían conquistado, sino simplemente sometido por la fuerza del hambre, nosotros los mirábamos de arriba abajo, pues éramos los verdaderos vencedores, y ellos al modo de impíos carceleros. Si no existiese el goloso cuerpo, y solo el alma viviera, ¿pasarían estas cosas?

En honor de la verdad, debo decir que los franceses entraron sin orgullo, contemplándonos con cierto respeto, y cuando pasaban junto a los grupos donde había más enfermos, nos ofrecían pan y vino. Muchos se resistieron a comerlo; pero al fin la fuerza instintiva era tal que aceptamos lo que a las pocas horas de su entrada nos ofrecieron. Durante todo el día estuvieron entrando carros cargados de víveres que estacionados en las plazas de San Pedro y del Vino, servían de depósito, a donde todo el mundo iba a recoger su parte. ¡Comer!, ¡qué novedad tan grande! Sentíamos el regreso del cuerpo que volvía después de la larga ausencia, a ser apoyo del alma. Se admiraba uno de tener claros ojos para ver, piernas para andar y manos con que afianzarse en las paredes para ir de un punto a otro. Los rostros adquirían de nuevo poco a poco la expresión habitual de la fisonomía humana, y se iba extinguiendo el espanto que aun después de la rendición causábamos a los franceses.

Dadme albricias, porque al fin, señores míos, me reconocí con bríos para andar veinte pasos seguidos, aunque apoyándome con la derecha mano en un palo, y con la izquierda en las paredes de las casas. No creáis que el andar por las calles de Gerona en aquellos días era cosa fácil, pues ninguna vía pública estaba libre de hoyos profundísimos, de montones de tierra y piedras, además de los miles de cadáveres insepultos que cubrían el suelo. En muchas partes los escombros de las casas destruidas obstruían la angosta calle, y era preciso trepar a gatas por las ruinas, exponiéndose a caer luego en las charcas que formaban las fétidas aguas remansadas. El viaje al través de aquellos montes, lagos y ríos era tan fatigoso para mí, que a cada poco trecho me sentaba sobre una piedra para tomar aliento. Mas cuando no era ya posible pensar en batirse, y cuando estaba aplacado el terrible ardor de la guerra, me producía indecible espanto la vista de tantos muertos; y al examinar los horrorosos cuadros que se desarrollaban ante mi vista, cerraba a veces los ojos temiendo reconocer en una mano helada la mano de Siseta, en la punta de un vestido, la punta del vestido de Siseta, en una piedrecita encarnada las cuentas de coral que adornaban las lindas orejas de Siseta.

XXI

Al llegar a la calle de Cort-Real, vi allí casi en total ruina la casa donde se albergaban los míos. Unos vecinos me dijeron que el señor Nomdedeu y su hija estaban aposentados en la calle de la Neu; pero que no se sabía dónde habían ido a parar Siseta y sus hermanos. Contristado con tal noticia, fui en busca del doctor, y la primer persona que salió a mi encuentro fue la señora Sumta, encargándome que no hiciera ruido porque el señor dormía.

—Aquí encontrarás todos los papeles cambiados, Andresillo —me dijo— porque la señorita Josefina se ha puesto buena, y el amo está tan malo, que se morirá pronto si Dios no lo remedia.

En esto oímos la voz del doctor, que en aposento cercano sonaba, diciendo:

—Déjele usted entrar, señora Sumta, que estoy despierto. Andrés, amigo querido, ven acá.

Entré, pues, y don Pablo arrojándose de su lecho me abrazó con cariño, hablándome así:

—¡Qué placer me das, Andrés! ¡Yo creí que habías muerto! ¡Ven acá, valiente joven, y abrázame otra vez! ¿Cómo va esa salud? ¿Y ese estómago? No conviene cargarlo después de tanta privación. ¿Hay apetito?... Te recomiendo mucho la sobriedad. ¿Tienes heridas? Las curaremos... Manda lo que gustes, hijo.

Yo, muy confundido, le expresé mi gratitud por tanta benevolencia, añadiendo que le consideraba como el más generoso y cristiano de los mortales por pagar con abrazos y cariños los golpes que de mí recibiera.

—Señor —añadí— yo creí haber muerto al mejor de los hombres, y no podía vivir con el gran peso de mi conciencia. Veo que usted perdona las ofensas y abre sus brazos a los que han intentado matarle.

—Todo está perdonado, y si culpa hubo en ti tratándome como me trataste, mayor fue la mía, que en mi furor, no reparaba en quitarte la vida por un pedazo de azúcar. Aquellas, amigo Andrés, no deben considerarse como acciones libres que constituyen verdadera responsabilidad, y la horrible situación en que ambos nos hallábamos nos disculpa a los ojos de Dios. En tan triste momento, la ley suprema de la propia conservación imperaba sobre todas las leyes, nuestro carácter, el resultado de las facultades ingénitas o cultivadas por el trato y de los hábitos adquiridos, no existía realmente, y el torpe bruto en que estamos metidos, rompía salvajemente todos los frenos que se oponían a la satisfacción de sus necesidades. Por mi parte, puedo decirte que no me daba cuenta de lo que hacía. El espectáculo de mi pobre hija me trastornaba el poco sentido que aún me hacía reconocerme como hombre, y delante de mí no había amigos ni semejantes. Estas relaciones se acaban, se extinguen cuando el brutal instinto recobra sus dominios, y si veía un pedazo de pan en boca de otro hombre, parecíame esto un privilegio irritante, que mi egoísmo no podía tolerar. ¡Ay, qué horroroso padecimiento! ¡Qué vergonzoso estado de moral y qué degradación del ser más noble que pisa la tierra! Válgame tan solo la circunstancia de que nada quería para mí, sino todo para ella. Tengo la seguridad de que a no ser por mi idolatrada hija, yo me hubiera recostado en un rincón de la casa, dejándome morir sin hacer esfuerzo alguno por conservar la vida.

—Y la señorita Josefina ha resistido las privaciones tal vez mejor que nosotros.

—Mucho mejor —añadió Nomdedeu—. Ya me ves a mí que parezco un cadáver. Pues ella, completamente transfigurada, parece haberse apropiado toda la salud que a mí me falta. Esto me tenía contentísimo, Andrés. Pero verás ahora lo que ha pasado. Cuando me dejaste en el patio de la casa del canónigo, tardé mucho tiempo en recobrar el uso de los sentidos a consecuencia del gran golpe y de la mucha extenuación. Por fin, no sé qué manos caritativas me sacaron a la calle, donde recobré completo acuerdo. Mi sensación principal era una gran sorpresa de hallarme con vida. Arrastréme hasta entrar en casa, y en las habitaciones de Siseta encontré a mi hija. La infeliz casi no me conocía. Iba a perecer de inanición. ¡Dios mío! Quisiera morir, si la muerte borrara de mi memoria el recuerdo de aquellas horas. Yo decía: —Señor, antes de ver tal espectáculo, valiera más que quedara exánime sobre las baldosas de la casa del canónigo—. ¡Ay, amigo Marijuán, no me preguntes nada sobre esto! Solo te diré que habiendo salido en busca de alimentos, al regresar, mi hija ya no estaba allí.

—¿Y Siseta? —pregunté con la mayor inquietud.

—Siseta tampoco —repuso Nomdedeu inmutándose en sumo grado—. Pero ¿a qué me preguntas por Siseta? Yo no sé nada de ella. Déjame seguir. Ninguno de los vecinos supo darme razón del paradero de mi hija, y corrí como un loco por la ciudad buscándola. Felizmente ni ella ni yo estábamos allí, cuando la casa fue destruida. Pero yo te pregunto: ¿a dónde creerás que había ido mi idolatrada Josefina? Pues nada menos que a la torre Gironella, donde contemplaba el horrible fuego con que se defendió aquel fuerte en sus postrimerías. Te asombrarás de que mi hija fuera a tal sitio. Pues oye. Encontrándose sola en la casa, la horrible necesidad obligola a salir a la calle, y discurrió largo tiempo por Gerona, implorando la caridad pública, pero sin ser atendida por nadie. Mientras mayor era su desamparo, mayores eran sus esfuerzos por apegarse a la vida, y aquella naturaleza miserable halló en sí misma suficiente energía para sobreponerse a la situación. Parece esto imposible, pero es cierto. Ahora caigo en que a las criaturas de ánimo apocado nada les conviene tanto como encontrarse lanzadas de improviso a un gran peligro sin sostén ni ayuda de mano extraña. Pues bien, Josefina, sola en medio de tantos horrores, huyó por la pendiente que conduce a los fuertes, creyendo más seguros aquellos sitios. La vista de los cadáveres que obstruyen el camino prodújole gran espanto, y mayor aún al ver de cerca la terrible acción que allí se trabara. Cuando quiso retroceder la pobrecita, le fue imposible, y encontrose envuelta en el fuego, en el momento de la retirada. ¡Oh, qué incomprensibles son los arcanos de la Naturaleza! Si yo hubiera sabido por qué lugares andaba mi enferma, y todo el protomedicato hubiérame pedido mi dictamen sobre su suerte, habría dicho: «Josefina morirá en el acto de verse próxima a un combate.» Pues no fue así, Andrés. Según me ha contado ella misma, al ver aquello, sintiose con inusitada energía, y sus miembros desentumecidos como por milagro, adquirieron una agilidad que jamás habían tenido. Sin hallarse libre de miedo, inundaba su alma una generosa y expansiva inquietud, y abundantes lágrimas corrían de sus ojos... A esto añade que luego volvió dos veces a la ciudad, donde unas señoras apiadadas de ella la dieron algún alimento; que después, sin saber cómo, viose arrastrada en el tropel de las que iban a llevar pólvora a las murallas; añade que durmió dos noches en campo raso; que la señora Sumta tomándola por su cuenta, la tuvo más de tres horas en Alemanes, hasta que se retiró de allí la guarnición, y comprenderás si han sido fuertes los cauterios aplicados por el azar al espíritu de esa pobre niña. Ahora, Andrés, me resta decirte que si ella ha adquirido súbitamente bríos y agilidad, yo he perdido radicalmente mi salud, a consecuencia de los intensos padeceres físicos y morales de esta temporada, y aquí donde me ves, no doy dos cuartos por lo que pueda vivir de aquí al domingo que viene. La alegría que me causa el ver cómo se ha regenerado el organismo de aquella que es todo mi amor y mi consuelo, ahoga el sentimiento que podría causarme la propia muerte. Lo que hoy me produce profunda tristeza es el convencimiento adquirido hace poco de que soy un detestable médico. Sí, Andrés, yo creí saber bastante, y ahora resulta que todo lo ignoro, todo, todo. Figúrate que después de adoptar en el tratamiento de Josefina el sistema de precauciones, de cuidados que me recomendaban en diverso estilo centenares de libros, salimos con la patochada de que el mejor sistema es el opuesto al que yo seguí. ¡Y para esto, Dios mío, ha estudiado uno treinta años! ¡Oh!, medicina, medicina, ¡cuán desdeñosa y esquiva eres! ¡Cómo te ocultas al que más te busca, y qué bien guardas tus encantos! Cuando parece más fácil tocarte, más rápidamente desapareces, como sombra que de las ansiosas manos se escapa. ¡Quién me lo había de decir! Yo intentaba curarla con delicadezas y cuidados y dengues, resguardándola hasta del aire por temor a que el aire mismo la hiciera daño, y Dios la ha fortalecido con las crudezas, las molestias, los golpes, los sustos, con el fuego y el frío, con los peligros y las muertes. Yo evitaba en ella las grandes impresiones que me parecía debieran quebrar su naturaleza, como los martillazos rompen el vidrio, y los fortísimos sacudimientos de la sensibilidad la han repuesto en su primer ser y estado. Curose como había enfermado, y este misterio y esta novedad pasmosa confunden mi inteligencia. Hasta ahora no sabía que la enfermedad curase la enfermedad, y me muero con mil ideas sobre este oscuro punto... porque yo me muero, Andrés: en eso sí que no se equivocará mi escaso saber.

Diciendo esto, se tendió de largo a largo en la cama, y a cada rato exhalaba hondísimos suspiros. Yo le hablé así:

—Señor don Pablo, usted, aunque ha padecido bastante, tiene el consuelo de ver a su hija no solo con vida, sino con la salud que antes no tenía; pero yo, ni siquiera puedo asegurar que vive mi adorada Siseta y sus dos hermanos.

El doctor, al oírme, moviose inquietamente en su lecho con síntomas de alteración nerviosa, e incorporándose de improviso, me mostró su cara, muy contrariada y desfigurada de un modo notable.

—No me preguntes por Siseta y sus hermanos —exclamó con torpe lengua y haciendo ademán de apartar un objeto que inspira desagrado—. Yo no sé nada de ellos. Andrés, más vale que te marches y me dejes en paz.

La señora Sumta, que entró a la sazón, puso el dedo en la sien, mirando a su amo con expresión de lástima. Con el gesto y la mirada quería decirme:

—No hagas caso, que el amo ha perdido el juicio.

Perdiéralo o no, lo cierto es que me llenaban de inexplicables confusiones sus palabras. Interroguele de nuevo; pero él, cerrando los ojos y extendiendo brazos y piernas, cual exánime cuerpo, aparentaba no oírme, o realmente aletargado, no me oía.

Josefina entró enseguida y mostró mucha alegría al verme. Por mi parte quedeme sorprendido al notar la animación de sus ojos, su color menos pálido que de ordinario, y al observar la agilidad, la gracia y desenvoltura que había adquirido en sus movimientos desde que no nos veíamos. Después de contestar con amables sonrisas a mis cumplidos, que adivinaba por el movimiento de los labios, me preguntó por Siseta.

—¡Ay! —respondí, expresando con signos mi suprema aflicción—. Siseta... se ha ido, señorita; no sé dónde está.

—Busquémosla —dijo Josefina con resolución.

—¡Ay!, gracias, señorita Josefina... Yo no me puedo tener; pero si usted me acompaña, sacaré fuerzas de flaqueza para recorrer la ciudad.

En la casa tenían ya comida abundante, que se repartía entre los diferentes vecinos allegadizos que allí se albergaban, y a mí me dieron una buena porción. Cuando salí enlazando mi brazo con el de Josefina, me sentía tan restablecido, que no necesité buscar apoyo en las paredes, ni arrojarme al suelo cada diez minutos para tomar aliento.

XXII

¿Dónde buscaremos a Siseta? ¿Dónde?... Siseta, gritábamos por todos lados, en las ruinas, en la puerta de las casas enteras, en las plazas, en las murallas, en las cortaduras, en los montones de escombros; pero ninguna voz conocida nos respondía. En diversos puntos de la ciudad, los franceses se ocupaban en tapar con tierra los hoyos donde habían sido arrojados los cadáveres, y miles de cuerpos desaparecían de la vista de los vivos para siempre... ¡Oh! —exclamaba yo con la mayor angustia—, ¡si estará ahí Siseta!

Hubiera querido escarbar con mis manos todas las fosas, por cerciorarme de que no yacía en ellas la persona perdida. Visitamos luego los hospitales, y en ninguno de ellos aparecieron tampoco Siseta ni sus hermanos: preguntamos de puerta en puerta a todos los conocidos, a los vecinos todos, y nadie nos dio razón ni noticia alguna. Pasando a Mercadal, lo recorrimos todo, y al volver, miré al fondo del río, por ver si entre sus turbias aguas se distinguía el cuerpo de Siseta. Pregunté por ella a los españoles y a los franceses que no me entendieron; pero ambas naciones carecían de noticias acerca de mi amiga; subí a los tejados, bajé a los sótanos, la busqué en plena luz y en la profunda oscuridad; pero el rayo de sus ojos, para mí superior a todas las claridades, no brillaba en ninguna parte.

Por último, cuando llegábamos cerca del puente de San Francisco de Asís, creí distinguir una lastimosa figura de muchacho, en la cual, aunque con mucha dificultad, podía reconocer a la persona del buen Manalet. No era posible determinar la forma de su vestido, que era un andrajo, por cuyas rasgaduras los brazos y las piernas en completa desnudez asomaban. Su rostro cadavérico, sus manos negras, su cuello manchado de sangre, sus pies heridos, su mirar temeroso me causaron profunda pena. Le llamé, con el alma dividida entre una animosa esperanza y un inmenso dolor, y él corrió a abrazarme con los ojos llenos de lágrimas. Pasado el primer momento de su alegría, la presencia de Josefina al lado mío produjo en el ánimo del pobre chico vivísima inquietud; mirábala con ojos azorados, e hizo algún movimiento para huir de nosotros. Deteniéndole, tuve valor para preguntarle por su hermana.

—Hermana Siseta —me dijo— no está, no la busquen ustedes. Se ha ido con Gasparó. Los dos...

Al decir *los dos* señalaba la tierra.

Yo, poseído de profundo dolor, no me reconocía satisfecho con sus vagas noticias y quería saber más; seguí tras él, pero mi corto andar no me permitió alcanzarle y hube de resignarme al terrible padecimiento de la duda; porque, en efecto, las afirmaciones de Manalet no resolvían mi perplejidad, y las palabras, el razonamiento, la inquietud del infeliz chico indicaban que algún misterio para mí ignorado, existía en la desaparición de Siseta.

—Señorita Josefina —dije a mi acompañante, expresando como me fue posible el desaliento y la desesperación— no conseguiremos nada. Volvámonos a la calle de la Neu.

Ambos muy tristes y desanimados nos detuvimos en el puente, mirando a los transeúntes, que discurrían sin cesar de un lado a otro y como yo buscaban personas queridas que el desorden de los últimos días había hecho desaparecer. Las fosas sobre las cuales se echaba tanta tierra iban poco a poco destruyendo los rastros que habrían podido guiar en sus exploraciones a padres, esposas e hijos, y la necesidad de enterrar pronto hacía que muchas familias se quedasen en completa ignorancia respecto a la suerte de los suyos.

Estábamos sentados junto al puente. Josefina me miraba en silencio, compadecida de mi dolorosa perplejidad, y yo interrogaba al cielo, cansado ya de interrogar a la tierra y a los hombres. De repente, la hija del doctor diome un ligero golpe en la cabeza y agitando los brazos en dirección del río, señaló una casa de las que se levantan con los cimientos dentro del Oñá a espaldas de la plaza de las Coles y de la calle de la Argentería. Al principio no distinguí nada; pero ella con el rostro alterado, la mirada chispeante y el índice extendido hacia un punto fijo, dirigió mi atención al tejado de una de aquellas casas, de cuyo alero, un muchacho se descolgaba trabajosamente por una cuerda. Era Badoret. Al instante grité fuertemente: ¡Badoret!

¡Badoret!, y el chico que oyó mi voz, saludome con la mano en el momento de poner pie firme en un balcón, desde el cual parecía querer avanzar al puente saltando de una casa a otra. Los irregulares aleros, balconajes, miradores y cuerpos salientes de aquella orilla del río, permitían este viaje sin gran peligro. Por fin, Badoret llegó a donde estábamos, y pude notar que su aspecto era más lastimoso que el de su hermano.

—Andrés —me dijo— ¿han entrado los franceses?

—Sí —le respondí—. ¿En dónde estás metido que no lo sabes? ¿Has resucitado acaso?

—¿De modo que ya hay algo que comer?

—Sí, todo lo que quieras... ¿Y Siseta?

—Siseta está durmiendo desde ayer. ¿Quieres verla? La llamamos y no quiere despertar.

—¿Pero dónde os habéis metido? ¿Dónde está Siseta?

—¿Hay ya qué comer? No hemos vuelto a ver a Napoleón, Andrés. ¿Cuánto darán ahora por él?

—Anda al diablo con Napoleón. Llévame a donde está tu hermana.

—En el tejado.

—¡En el tejado!

—Sí: la llevamos allá entre todos, porque el señor Nomdedeu la quería matar.

—¡Matarla! ¡Estás loco!

—Sí; para comérsela.

No pude reprimir la risa, a pesar de que mi ánimo no estaba para burlas.

—El señor Nomdedeu —prosiguió— se volvió loco y quiso comernos a todos.

—Estáis tontos sin duda —repliqué—. Llévame donde está Siseta.

—Si no vas por donde yo he venido... De la casa del canónigo donde estamos, se pasa por el tejado a la del droguero de la calle de la Argentería, pero de esta no se puede salir a la calle porque está cerrada... Por la bodega, se pasa a una casa del otro extremo que está quemada y por las tejas se baja a los balcones del río. Si puedes hacer que te abran la puerta de la casa del droguero que está en la calle de la Argentería junto a la plaza de las Coles, entrarás mejor que yo he salido.

—Vamos allá —dije con resolución—. Si ese señor droguero no nos quiere abrir la puerta, la derribaremos a puñetazos.

Por fortuna, no me pusieron obstáculos a que entrara por la casa indicada, lo cual verifiqué dejando a Josefina en la inmediata de la calle de la Neu. Subí al tejado, y saltando con grandes esfuerzos y peligros de techo en techo, llegamos Badoret y yo a las bohardillas de la casa del canónigo. Allí en un lóbrego aposento del desván, donde antaño tuvo su vivienda el ama de gobierno del señor Ferragut, yacía la pobre Siseta sin movimiento ni sentido sobre un miserable colchón. La llamé con fuertes voces, incorporela en el lecho, y la infeliz abrió los ojos, pero sin aparentar reconocerme. Mi gozo al ver que vivía fue inmenso; pero aún dudaba que pudiese tornar a la vida, y no pensé más que en prodigarle toda clase de socorros. Recorrí la casa aturdidamente sin darme cuenta de lo que buscaba, y vi en distintas habitaciones hasta una docena de chicos de ocho a doce años, en quienes reconocí a los amigos que acompañaban a Badoret y Manalet en todas sus correrías; pero el estado de aquellos infelices niños era atrozmente lastimoso y desconsolador. Algunos de ellos yacían muertos sobre el suelo, otros se arrastraban por la biblioteca sin poderse tener, uno estaba comiéndose un libro, y otro saboreaba el esparto de una estera.

—¿Qué ha pasado aquí? —pregunté a Badoret.

—Ay ¡Andrés!, no podíamos salir por ninguna parte. Estábamos encerrados hace dos días. A nuestra casa no se podía pasar, porque siete paredes llenaron el patio hasta arriba. No teníamos qué comer, ni dónde buscarlo... Esta mañana buscamos Manalet y yo una salida. Él se descolgó por la calle de Argentería, y yo por donde me viste... pero a mí se me está ya pegando la lengua al cielo de la boca, no puedo moverme, y me caigo muerto también.

Diciéndolo, Badoret, cerró los ojos y se extendió de largo a largo en el suelo. Algunos de sus camaradas lloraban, llamando a sus madres, y por todos lados el espectáculo de aquella desolación infantil contristaba mi alma. Resuelto a obrar con prontitud, pasé por el tejado a las casas inmediatas, llamé, pedí socorro, logré que me oyeran y que acudiesen en mi auxilio algunos vecinos, y bien pronto, reuní en los desiertos lugares donde se hallaba mi infeliz amiga gran número de víveres y no pocas personas caritativas.

La primera en quien probamos nuestros recursos fue Siseta, que tardó mucho en recobrar su acuerdo, inspirándome serias inquietudes; pero al fin me reconoció, y vencida su repugnancia a tomar los alimentos que le ofrecíamos, convenciéndose al fin de que no le dábamos animales inmundos ni horribles manjares, entró en un período de fortalecimiento que indicaba una enérgica disposición de la naturaleza a recobrar su primitivo equilibrio y asiento. Badoret cobró sus fuerzas con más rapidez y a la media hora ya hablaba como una tarabilla arengando a sus amigos. Para algunos de estos llegó tarde el remedio, y no nos dieron más trabajo que entregar sus cuerpos a las pobres madres que venían a recogerlos, después de haberlos buscado inútilmente por toda la ciudad.

—Hermana Siseta ha despertado al fin —me dijo Badoret, tragándose medio pan—. Yo pensé que íbamos a quedarnos aquí para que se regalaran con nuestro pellejo Napoleón, Sancir, Agujerón y los demás que andan por ahí. No estamos todos vivos, Andrés, porque Pauet no resuella, y Sisó, que estaba tan rabioso contra los *cerdos*, se ha quedado tieso en la biblioteca con medio libro en el cuerpo y otro medio en la mano. Así quisiera yo ver al condenado de don Pablo Nomdedeu que quiso hacer con nosotros un guisote. Ya estamos libres de caer al fondo de la cazuela con sal y agua, y eso de que la señorita Josefina se le almuerce a uno, no tiene gracia... Los *marranos* están ya dentro de Gerona. Vaya... y decían que don Mariano no les dejaría entrar. Si es lo que yo digo... mucha facha, mucho boquear, y después nada.

—No desatines, y cuéntame por qué trajisteis aquí a tu hermana.

—Pregúntaselo a don Pablo y a la señora Sumta. Nosotros le llevamos a hermana Siseta siete reales que habíamos ganado. Hermana Siseta estaba llorando con Gasparó en brazos. Un caballero entró en la casa y con malos modos mandó que enterrásemos al niño. Entonces hermana Siseta le dio muchos besos y yo le cargué para llevarle a la fosa; pero me daba lástima y estuve con él a cuestas todo el día, hasta que al fin... Manalet, echaba la tierra y yo la apretaba con las manos para que quedase bien. Pero luego quisimos volverle a ver, y sacamos la tierra... ¡Ay! Andresillo: después la tornamos a echar, y ya no le vimos más... Al volver a casa, don Pablo entró suspirando y dando gemidos, y dijo que traía todos los huesos rotos. Después pidió algo de comer a la señora Sumta, y la señora Sumta se puso también a echar suspiros y gemidos. La señorita Josefina, tendida en el suelo, se chupaba los dedos, don Pablo empezó a gritar llamando al santo acá y al santo allá, y luego a todos nos daba con la punta del pie, diciendo: «Levantaos y salid a buscar algo para mi hija.» Después del entierro habíamos comprado con los siete reales un pan negro y duro, y se lo dimos a mi hermana. Si vieras qué ojos le echó don Pablo. Siseta es más tonta... ¿creerás que no quiso el pan y mandó que se lo diéramos a la señorita Josefina? Pero yo dije: «sí, para ella está», y dando la mitad a Manalet empezamos a comérnoslo. La señora Sumta saltando encima de mí, me quitó mi parte; pero Manalet se comió toda la suya de un tragón, atacándosela con los dedos para que le pasara por el gañote. Entonces, amigo Andrés, el señor Nomdedeu fue arriba y bajando al poco rato con un gran cuchillo, nos dijo: «Diablillos desvergonzados, puesto que no servís más que de estorbo, os comeremos.» Yo me reí y Manalet se puso a temblar y a llorar, pero yo le decía: «no seas burro: primero nos le comeríamos nosotros a él, si tuviera algo más que huesos. La señora Sumta sí que está gordita.» Cuando la vieja oyó esto, me amenazó con el puño, y don Pablo volvió a decir: «Sí; nos les comeremos, ¿por qué no?...» Después la señorita Josefina se abrazó a su padre, y este se puso a llorar soltando lagrimones como balas, y luego la arrullaba en sus brazos como si ella fuera un chiquillo. ¡Pobre don Pablo! De veras me daba lástima... Arrullando a su hija le cantaba como a los niños y después decía: «Señora Sumta, traiga usted una taza de caldo.» Al oír esto, no podía menos de reírme, y dije: «Pues ya que va a la cocina la señora Sumta, tráigame a mí un par de perdices porque estoy desganado, y no quiero más.» Los dos se pusieron furiosos, pero el médico parecía loco, y todo se le volvía gritar: «Señora Sumta; traiga usted caldo para mi hija, tráigalo usted pronto o la mato a usted...» ¡Si le hubieras visto, Andrés! Echaba chispas por los ojos, y con los pelos amarillos tiesos sobre el casco, parecía nada menos que un demonio... En esto pasaron mis amigos por la calle, llamáronme, yo salí con ellos, y al poco rato, cuando iba por la calle de Ciudadanos, veo venir a Manalet corriendo y llorando, que decía: «Hermano Badoret, ven pronto que don Pablo nos quiere matar a todos.» Chico, eché a correr con todos mis amigos hacia casa. ¿Has visto un gato rabioso cómo tira la zarpa, enseña los dientes, bufa y salta? Pues así estaba don Pablo. Dejando a su hija en el suelo, venía hacia nosotros, nos amenazaba con el cuchillo, golpeaba con el pie a mi hermana, luego parecía querer matarse a él mismo, y a todo esto gritaba así: «¡Quiero acabar con el género humano!...» Esto lo dijo muchas, muchísimas veces. Mis amigos estaban muertos de miedo, y yo cogí unas tenazas para tirárselas a la cabeza. Pero no me dio tiempo, porque sin soltar su cuchillo salió a la calle gritando siempre que iba a acabar con todo el género humano, y entonces Manalet dijo: «Vámonos de aquí y llevémonos a Siseta.» Dicho y hecho: éramos doce: entre los más grandes cargamos a mi hermana, que estaba como un cuerpo muerto sin mover ni brazo ni pierna, y la llevamos a la casa del Canónigo; Manalet, lleno de miedo iba delante chillando: «A prisa, a prisa, que viene otra vez con el cuchillo...» ¡Ay! Amigo Andrés, cuando nos vimos en esta casa, respiramos. Luego porque la pobrecita no estuviera sobre las baldosas del patio la subimos a este aposento con grandísimo trabajo, poniéndola en la cama donde la ves. La llamamos, y no nos respondía. Entonces nos ocurrió que debíamos buscarle algo que comer; pero no hallamos salida más que por los tejados, y antes nos asparían que pasar otra vez a nuestra casa. Aquí de los apuros, chico, llegó la noche y nos moríamos de hambre. Pauet y Sisó anduvieron por los techos comiéndose las yerbas y el musgo que nacen entre las tejas. Yo bajé a la bodega... ni rastro de Napoleón. Se han ido todos al otro lado del Oñá, corriéndose hacia el campo enemigo... Pues como te iba diciendo, vino después de la noche el día, y después del día otra noche, y luego amaneció el día de hoy y nosotros sin comer. Se me olvidaba contarte que oímos caer la bomba en nuestra casa, y yo dije: «Ahí me las den todas. Si ha cogido a Nomdedeu bien empleado le está por bruto...» Amigo, desde el tejado nos asomábamos a los patios de todas las casas de por aquí; llamábamos a la gente para que nos socorriera; pero no nos hacían caso. Verdad es que muchos de los que veíamos abajo estaban muertos. Mis amigos se acobardaron ¡pobrecitos!, como unos gallinas, y Sisó dijo que se iba a comer una de sus manos. Yo los llevé a la biblioteca, dándoles permiso para que sacaran el vientre de mal año con los libros, y algunos así fueron tirando. ¡Qué día, qué noche, Andrés! Mi hermana no nos respondía cuando la llamábamos, y Manalet me dijo: «Hermano, yo me voy a tirar del tejado a la calle para traer algo de comida a Siseta...» Estuvimos mirando las rejas y los balcones para ver si se podía saltar, y por fin Manalet se fue escurriendo, no sé cómo, sentando los pies en los clavos y las manos en las rejas, y bajó a la calle por junto a la plaza. Yo bajé también por donde me viste, y con esto te digo todo, porque ya no hay nada más que contar.

—Bien, Badoret, veo que acertaste en trasladar aquí a tu hermana, pues aunque no me parezca cierto, como dijiste, que don Pablo quisiera merendarse a tu familia, ese es un hombre a quien la desgracia de su hija exalta y enfurece, y capaz es de cometer cualquier atrocidad. Ahora, gracias a Dios, estamos libres de tales horrores, porque el sitio ha concluido y hay en Gerona víveres abundantes.

Al caer de la tarde, Siseta, sus dos hermanos y los camaradas de estos que habían escapado a la muerte, no ofrecían cuidado. Al día siguiente trasladé a mis amiguitos a una casa de la calle de la Barca, donde nos dieron asilo.

XXIII

Yo no tardé en reponerme, y transcurridos pocos días me presenté a mi amo don Francisco Satué, quien me dio una malísima noticia.

—Disponte para el viaje —me dijo, dándome uniforme, tahalí y espada, para que en todo ello comenzase a ejercitar mis altas funciones.

—¿Pues a dónde vamos, mi capitán?

—A Francia, bruto —me respondió con su habitual rudeza—. ¿No sabes que somos prisioneros de guerra? ¿Crees que nos dejan aquí para muestra?

—Señor, yo creí que nadie se metería ya con nosotros.

—Estamos en Gerona como enfermos; pero quieren que vayamos a convalecer a Perpiñán. Nos detienen tan solo porque el gobernador no se halla en situación de poder ser llevado en un carro de municiones.

—¡Ojalá no lo estuviera en cien meses!

—Bárbaro ¿qué dices? —exclamó amenazándome.

—No, mi capitán, no es que yo desee otra cosa que la salud de nuestro queridísimo gobernador don Mariano Álvarez de Castro; pero eso de llevarle a uno a Perpiñán es casi tan malo como lo que hemos pasado. Pero pues así lo mandan los que pueden más que nosotros, sea, y por mí no ha de quedar. No a Perpiñán, sino al fin del mundo, iré con mis jefes, mayormente si llevamos entre nosotros al gran gobernador.

Yo hablaba así, echándomela de bravo; pero en realidad sentía profunda pena al caer en la cuenta de que era un prisionero de guerra, de cuya libertad y residencia los franceses disponían a su antojo. ¡Desgraciado el que en la guerra pone su afición en lugares y personas, que no han de poder seguir tras él en los frecuentes e inesperados viajes a que impulsan la victoria o la desdicha!

Cuando fui al lado de Siseta, casi derramando lágrimas me expresé así:

—Prenda mía, ¿ves cuán desgraciado soy?... Ahora me llevan a Francia como prisionero de guerra, con todos los demás militares que estamos aquí, desde don Mariano hasta el último ranchero. Si te pudiera llevar conmigo, Siseta... Pero mi capitán, el señor don Francisco Satué, es el primer perseguidor de muchachas que hay en toda Cataluña, y le tengo miedo. Ahora me ocurre, Siseta, que mientras yo tomo el camino de esa condenada Francia, a quien vería de buena gana comida de lobos, tú con tus dos hermanos debes marcharte a la Almunia de doña Godina, donde está mi madre, y esperarme allí cuidándome las haciendas, hasta que me suelten o Dios disponga de la vida de este pecador.

Siseta me contestó dándome esperanza, y asegurando que convenía aguardar con serenidad el cumplimiento de nuestro destino, sin desconfiar de la bienhechora Providencia. Convinimos al fin en que no era una gran desventura que yo fuese a Francia, y por su parte halló muy prudente refugiarse en la Almunia, mientras yo volvía. La verdadera dificultad era la absoluta carencia de medios para vivir dentro de Gerona, lo mismo que para ausentarse. Éramos pobres hasta el último grado, y después de pasar tantos y tan penosos trabajos, Siseta y sus hermanos estaban destinados a sostenerse de la caridad pública. Pero Dios no abandona a las criaturas desvalidas, y he aquí cómo vino en nuestra ayuda por inesperados caminos. ¿De qué manera? ¿Cuándo? Esto, los mismos acontecimientos que voy contando os lo dirán.

Pero déjenme acudir a casa del señor don Pablo Nomdedeu, de cuya salud me han dado muy malas noticias al volver de casa del talabartero, donde llevé el tahalí de mi amo para que le echase una pieza. Déjenme ir allá, que a pesar de las cuestiones desagradables que tuvimos, no deja de ser el señor don Pablo un entrañable amigo mío, a quien quiero de todas veras. Lo malo es que no puedo ir tan pronto como deseara, porque en la calle de Cort-Real la mucha gente que allí se junta en animados corrillos, me detiene el paso. ¿Qué ocurre? ¿Tenemos un cuarto sitio? No es nada; parece que los franceses, cansados de haber cumplido hasta ayer de mala gana las principales cláusulas de la capitulación, han acordado solemnemente romperlas. Así me lo dijo el padre Rull, a quien vi muy sofocado entre el gentío, refiriendo con declamatoria pomposidad los pormenores del suceso.

—Esto es una desvergüenza —decía— y un Emperador que tales cosas hace es un pillo... nada, un pillo; ¿qué me importa que oigan los franceses? No bajaré la voz, no, señores. Lo dicho, dicho. En la capitulación se acordó que los regulares serían respetados, y ahora salimos con que nos llevan a Francia. ¿Pues qué, las órdenes son cosas de juego? ¿Somos chicos de escuela, para que hoy se nos diga una cosa y mañana otra?

—También yo voy a Francia, padre Rull —le dije— y consolémonos uno con otro, que frailes y soldados hacen buena miga, y la carga se lleva mejor en dos hombros que en uno.

—Nada, hijos míos, iremos adonde nos lleven y soportaremos sus crueldades con paciencia, como nos lo manda Nuestro Señor Jesucristo. Si así lo habéis querido vosotros, ¿qué se ha de hacer? Ved aquí las consecuencias de capitular cuando todavía podía haberse tirado una temporadita más, comiendo lo que había. A Francia, pues, y fíese usted de palabras de *cerdos*. Nosotros confiábamos ingenuamente en el cumplimiento de lo pactado, cuando vierais aquí que esta mañana se presenta en la santa casa un oficialejo, el cual con voces torpes y destempladas, dijo que nos preparásemos para salir mañana mismo para Francia, porque S. M. el Emperador lo había dispuesto así desde París. Por lo visto, nos temen tanto como a los soldados. Y díganme ustedes ahora: ¿qué va a ser de Gerona sin frailes?

Cada uno contestaba al padre Rull, según sus ideas, cuál con enojo, cuál festivamente; pero al fin todos los que le oímos, convinimos en que lo del viaje era una grandísima picardía de S. M. el Emperador de los franceses. Cuando me retiré de allí, quedaba el buen fraile sermoneando a sus amigos sobre la preeminencia que siempre alcanzaron las órdenes religiosas en los tratados de las naciones.

Llegué a casa del señor Nomdedeu, y desde mi entrada conocí que la salud del buen médico no debía de ser buena, por las señales de consternación que noté en el semblante de Josefina lo mismo que en el de la señora Sumta. Esta me dijo:

—Andresillo, no hables al amo de Siseta ni de los chicos, porque siempre que se le nombran, le da uno al modo de desmayo.

Josefina me preguntó por los míos, y al instante le comuniqué con la alegría de mis ojos el infeliz encuentro de mi novia y sus hermanos.

—Todos se salvan, menos mi buen padre —dijo tristemente la muchacha.

Al instante entré a ver al enfermo, quien me recibió con su habitual bondad. Junto a su lecho estaba un hombre en quien reconocí a uno de los escribanos de Gerona.

Indudablemente don Pablo iba a hacer testamento. Su aspecto y figura no podían ser más tristes, al punto se echaba de ver que aquella lámpara tenía ya muy poco aceite. La postrimera luz brillaba, sí, como próxima a extinguirse, con viva claridad, y la irregular llama, tan pronto grande como chica, espantaba con sus oscilaciones deslumbradoras. Unas veces el espíritu del buen doctor se empequeñecía con extraordinario aplanamiento; otras se agrandaba, tomando proporciones superiores a las de la vida común: y con este variar angustioso, síntoma de todo fuego que se apaga luchando entre la combustión y la muerte, la lengua del médico pasaba de un mutismo invencible a una locuacidad mareante.

Cuando entré, respondió a mis cariñosas preguntas con monosílabos, que salían difícilmente de su sofocado pecho; pero al poco rato se fue despabilando en términos, que a ninguno de los presentes nos dejaba meter baza, y él se lo decía todo sin mostrarse cansado.

—¿Con que aseguras tú que no moriré? Ilusión, amigo mío, ilusión de tu buen deseo. Dios me ha leído ya la sentencia y en esto no hay ni puede haber duda alguna. Yo cumplí mi misión, ahora estoy demás.

—Señor, anímese usted —exclamé fingiendo entusiasmarme—. Pues qué, ¿ahora que Gerona está libre de hambres y muertes, se ha de ir el hombre mejor de toda la ciudad? Levántese de esa cama y vamos por ahí a ver las murallas rotas, los fuertes deshechos, las casas arruinadas, testigos de tanto heroísmo. Fuera pereza. Eso no es más que pereza, señor don Pablo.

—Pereza es, sí; pero la pereza última y definitiva, aquella del viajero que habiendo andado toda la jornada, se arroja sin aliento en el camino, convencido de que no puede más. Pereza es, sí, la mejor de todas, porque lleva al más dulce, al más placentero de los sueños, la muerte. ¡Ay, qué postrado me siento! Pues qué, ¿era posible que después de tan colosales esfuerzos en lo físico y en lo moral, siguiese yo viviendo? No una vida como la mía, sino cien robustas y vigorosas habríanse consumido en esta lucha con la naturaleza, que yo sostuve durante tanto tiempo; porque decirte, Andrés, el sin número de dificultades que vencí, sería el cuento de nunca acabar. Baste referirte que en pocos días, busque, fomenté y desarrollé en mí cualidades que no tenía; en pocos días, trasformado hasta lo sumo, encontreme con sentimientos y pasiones que antes no tenía, y todo fue como si una serie de hombres diversos se desarrollaran dentro de mí propio. Yo estoy asombrado de lo que hice, y ahora comprendo qué inmenso tesoro de recursos tiene el hombre en sí, si sabe explotarlo. Al fin, Andrés, mi pobre hija alargó sus días hasta el fin del cerco, y cuando los sanos y robustos sucumbieron, ella, enferma y endeble se ha salvado. He aquí premiada dignamente mi amorosa solicitud y mis colosales esfuerzos. Esta tierna niña, que es todo mi amor, está hoy delante de mí alegrando mi vista y mi alma con el color de sus mejillas. Basta este espectáculo a consolarme de todas mis penas, y si me entristece la muerte es porque mi hija y yo nos separamos ahora. Dios lo permite así, porque ya ella no necesita de mis constantes cuidados, y la savia vital que milagrosamente ha adquirido le dará bríos para subsistir por sí sola, sin el apoyo de estas manos fatigadas, que reclama la tierra, ansiosa de carne.

—Señor don Pablo —le dije dominando mi melancolía— deseche usted esos tristes pensamientos, que son la primera y única causa de su mal; mande a la señora Sumta que traiga y aderece un par de chuletas, que ya las hay buenas en Gerona, sin ser de gato ni de ratón, y cómaselas en paz y gracia de Dios, con lo cual, o mucho me engaño, o no habrá muerte que le entre en largos años.

—Esto no va con chuletas, amigo Andrés. Mi cuerpo rechaza todo alimento, y no quiere más que morirse. Está echando a voces el alma, increpándola para que se vaya fuera de una vez.

—Más consumidos y extenuados estaban otros, y sin embargo han vivido, y por ahí andan hechos unos robles. Y si no, ahí tenemos el ejemplo de Siseta, a quien dimos todos por muerta, y viva y sana está, gracias a Dios.

—¿Vive Siseta? —preguntó Nomdedeu con profundo interés y cierta exaltación que no pudo disimular.

—Sí, señor; tan viva está como sus dos hermanos.

—¿Estás seguro de ello?

—Segurísimo.

—¿Y no tiene heridas en su cuerpo gentil, ni golpes en su cabeza, ni rasguños en su piel, ni le falta brazo, pierna, dedo u otra parte alguna de su estimable persona?

—No, señor, nada le falta —repuse jovialmente— o al menos no tengo yo noticia de ello.

—¿Y los muchachos, aquellos juguetones y traviesos muchachos, están vivos y sanos?

—También, señor doctor, y todos muy deseosos de venir a ofrecer a usted sus respetos con la cortesía que les es propia, saltando y chillando.

—¡Oh, loado sea Dios! —exclamó con cierto arrobamiento contemplativo el infortunado doctor.

Dicho esto, permaneció un rato meditando u orando, que ambas funciones podían deducirse de su recogida y silenciosa actitud, y luego reposadamente me habló así:

—Me has proporcionado indecible consuelo al darme noticias tan lisonjeras de la familia del señor Mongat, porque me atormentaba la sospecha, el recelo, más que sospecha y recelo, la terrible certidumbre de que yo había ocasionado un gran mal a esos muchachos y a su bondadosa hermanita, cuando después del lamentable accidente del pedazo de azúcar, entré en casa de Siseta. Mi hija iba a morir de inanición. Yo pedía a la señora Sumta que nos diera algo de comer, y la señora Sumta no nos daba nada. Yo pedí a Dios que me enviase algo del cielo, y Dios tampoco quería enviarme nada. Siseta estaba allí; sus hermanos entraron haciendo ruido, y la insolente vitalidad que revelaban sus ágiles cuerpos despertó en mi alma un sentimiento que no te podré pintar, aunque por espacio de cien años te hable y agote todos los recursos de todas las lenguas conocidas. No: aquel sentimiento es una anomalía horrorosa en el ser humano, y solo es posible que exista durante cortísimos intervalos en días que muy rara vez contará el tiempo en su infinita marcha. Yo miraba a los chicos, yo miraba a su hermana, y sentía un insaciable y sofocante anhelo de hacerlos desaparecer de entre los seres vivientes. ¿Por qué, amigo mío? Esto sí que no sabré decírtelo, porque yo mismo no lo entiendo. No creas que conturbaba mi cerebro el repugnante instinto de la antropofagia: no, no es nada de eso. Era un sentimiento del linaje de la envidia, Andrés; pero mucho, muchísimo más fuerte; era el egoísmo llevado al extremo de preferir la conservación propia a la existencia de todo el resto de la humana familia; era una aspiración brutal a aislarme en el centro del planeta devastado, arrojando a todos los demás al abismo, para quedarme solo con mi hija; era un vivísimo deseo de cortar todas las manos que quisieran asirse a la tabla en que los dos flotábamos sobre las embravecidas olas. Pintar todo lo que yo odié en aquel momento a los dos hermanos y a la pobre muchacha, sería más difícil que pintarte los horrores del infierno, abrazando lo grande y lo pequeño, el conjunto y los pormenores de la mansión donde el hombre impenitente expía sus culpas. Cada inhalación de su aliento al respirar, me parecía un robo; cada átomo de aire que entraba en sus pulmones, un tesoro arrancado al conjunto de elementos vitales que yo quería reunir en torno mío y de mi hija. Los malditos se repartían un pedazo de pan, un pedacito de pan, Andrés, amasado con todo el trigo y con toda el agua de la creación, para mi regalo. En aquella crisis del egoísmo, yo no comprendía que el Universo con sus mil mundos, su fauna y su flora, sus inagotables recursos y prodigios existiese para nadie más que para Josefina y para mí.

Detúvose el doctor fatigado, y yo, queriendo apartar de su mente ideas que le hacían más daño que el mal físico, le dije:

—Mande usted a paseo, señor don Pablo, esas vanas imaginaciones que le están secando el cerebro. Siseta y sus hermanos están buenos, amigo, y yo le aseguro a usted que no se los ha comido. ¿A qué pensar más en eso?

—Calla, Andrés, y déjame seguir —dijo reposadamente—. No son vanas imaginaciones lo que cuento, pues lo que yo sentía real existencia tuvo dentro de mí. Me faltaba decirte que reconocí la horrible metamorfosis de mi espíritu, pues no puedo darle otro nombre, y me decía: «No, yo no soy yo. Dios mío, ¿por qué has consentido que yo sea otro?» Efectivamente, yo no era yo. ¡Qué horrorosas lobregueces rodeaban los ojos de mi espíritu así como los de mi cuerpo!... Aquellos condenados muchachos estaban comiendo, Andrés; llevaban a la boca unos pedazos de pan, y delante de mí, tenían la audacia de ofrecer una parte a su hermana. ¡Cómo quieres tú que esto viera impasiblemente quien dentro tenía difundidos por su sangre y haciendo cabriolas en las sutiles cuerdas de sus nervios los millares de demonios que yo llevaba conmigo! ¡Al ver cómo mordían con sus insolentes dientecillos; al verles tragar con tanta desvergüenza, duplicose en mí el furor contra ellos y les increpé, diciéndoles no estar dispuesto a consentir que nadie viviese delante de mí! Andrés amigo, Andrés de mi corazón; yo tomé un cuchillo y lo esgrimía, como quien intenta matar moscas a estocadas; corría hacia ellos, corría hacia Siseta y la señora Sumta; pero en mi salvaje insensatez no me faltaba un pensamiento humano que me detuviese en los arranques brutales de aquel desbordado apetito de matar. Los chicos, que de improviso salieron, regresaron con otros de su edad, y sus chillidos y provocativas risas me enardecieron más. Desde entonces mis ojos nublados no vieron más que sangrientos objetos; entrome un delirio salvaje, durante el cual sentía detestable complacencia en herir acaso en el vacío, descargando golpes a todos lados contra cuerpos que me rodeaban y azuzaban sin cesar. Creo que después de dar vueltas por la casa, salí a la calle, y mi brazo vengativo iba destruyendo en imaginarios cuerpos a toda la familia humana. Hablaba mil inconexos desatinos; contemplaba con gozo a los que creía mis víctimas; buscaba la soledad, insultando a cuantos se me ofrecían al paso; pero la soledad no llegaba nunca, pues de cada víctima surgían nuevos cuerpos vivos que me disputaban el aire respirable, la luz y cuantos tesoros de vida hermosean y enriquecen el vasto mundo... No sé qué habría sido de mí si unos frailes no me hubieran sujetado en la calle de Ciudadanos, llevándome a cuestas largo trecho. ¡Ay, amigo mío! En mi cerebro, que era una masa de bullidoras burbujas, cual si hirviera puesto al fuego, retumbaron estas palabras: «Es lástima que el señor Nomdedeu se haya vuelto loco.» Y al recoger esta idea, mi alma pareció disponerse a recobrar su perdido asiento. Luego los frailes dijeron: «Démosle un poco de estas lonjas de cuero de sillón que hemos cocido, a ver si se repone...» Les pregunté por mi hija, y respondiéronme que no tenían noticia de las hijas de nadie. Encontreme con un poco de fuerza regular, no exaltada y anómala como la que me había impulsado a tantos disparates, y quise marchar a mi casa... Caí al suelo... perdí el cuchillo... una monja me ofreció su brazo y llegué a mi casa. Ni Siseta, ni sus hermanos, ni Josefina, ni la señora Sumta estaban ya allí. Las monjas me dieron un poco de corcho frito que no pude comer, y les pregunté por mi hija. Todo lo que había pasado se me presentó como los recuerdos de un sueño, pero aunque adquirí el convencimiento de no haber extinguido todo el linaje de los nacidos, no estaba seguro de la invulnerabilidad de mis ciegos golpes. «Yo he matado algo», me dije para mí; y esta idea me causaba hondísima pena. Me reconocía como yo mismo exclamando: «Pablo Nomdedeu, ¿fuiste tú quien tal hizo?»

—Basta ya, amigo mío —dije interrumpiéndole, al advertir que los recuerdos de sus locuras empeoraban al buen doctor—. Más adelante nos contará usted tan curiosas novedades. Ahora procure descabezar un sueño, entre tanto que la señora Sumta aereza las chuletas consabidas.

—Calla, Andrés, y no quieras gobernar en mí —repuso—. Yo dormiré cuando lo tenga por conveniente. Déjame concluir, que ya no falta mucho. Los enfermeros del hospital fueron los que me proporcionaron algún alimento que se podía comer, con lo cual me encontré relativamente bien, y pude salir en busca de mi hija. Ya sabes cómo la encontré al fin, y lo que le aconteció. Por mi parte, hijo, yo mismo, después de la horrorosa crisis que había pasado, me espantaba de verme asistiendo enfermos que sin duda lo estaban menos que yo, y heridos que no tenían llagas tan terribles en su cuerpo como la que yo tenía en mi alma. ¡Ay, Andrés! Nomdedeu estaba herido de muerte. Las penas sufridas con tanta paciencia desde mayo me han labrado este profundo mal que ahora siento y que me llevará dentro de poco al seno de Dios. Me admiro de haber resistido tanto, y digo que tuve fuerza de cien hombres. No, uno solo es incapaz de tanto. Don Mariano Álvarez tenía para resistir el estímulo de la gloria y del agradecimiento patrio;

yo no he tenido ante mí sino espectáculos lastimosos y un porvenir oscuro. El esfuerzo ha sido grande; la tensión inmensa; por eso la cuerda se ha roto, y me voy, me voy, hija mía, Andrés, señora Sumta y demás presentes. Bastante he hecho. El que crea haber hecho más, que levante el dedo.

Josefina y la señora Sumta lloraban, y yo cuando el enfermo calló, procuraba consolarle con tiernas palabras. Poco más tarde fueron a verle Siseta y sus hermanos, con cuya visita pareció muy complacido el enfermo, y a todos prodigó cariños y congratulaciones, obsequiándoles con una excelente comida. Después se durmió, y al caer de la noche, hora en que por encargo suyo, volvió el escribano, acompañado de tres personas de la intimidad de don Pablo; este nos llamó a todos diciendo que iba a dictar su testamento, el cual hizo en regla, nombrando por heredera de casi todos sus bienes a su hija Josefina, con una cláusula, sobre la cual debo llamar a ustedes la atención, para que conozcan la generosidad de aquel ejemplar sujeto. Además de que el doctor dejaba a Siseta y a sus hermanos los veinticuatro alcornoques que tenía en la parte de Olot, dispuso que en caso de morir sin sucesión la señorita Josefina, pasase el total de los bienes a Siseta y a sus hermanos, recomendando a aquella y a esta que viviesen juntos para perpetuar la amistad y buenos servicios de que la infeliz enferma había sido objeto por parte de los míos durante el sitio. La fortuna del doctor era harto exigua, pues la finca de Castellà, devastada por los franceses, valía bien poco, y lo demás consistía en diversos grupos de alcornoques diseminados por la comarca ampurdanesa y en sitios a los cuales los herederos no se aventurarían a emprender viaje por saber el corcho de que eran dueños. También a mí y a la señora Sumta nos dejó varias mandas, aunque la mía más era honorífica que de provecho, por consistir en el Diario de las peripecias del sitio, redactado de puño y letra por el mismo doctor. El ama de gobierno pescó todos los muebles y ropas que de la casa pudieron salvarse.

Luego que el testamento fue hecho, administraron al enfermo el Santo Viático, y cumplida esta ceremonia, quedose Nomdedeu muy postrado, hablando poco y con dificultad, mirándonos a ratos con estúpido asombro y cerrando después los ojos para entregarse a un inquieto sueño. Exceptuando Manalet, que se durmió en el suelo, todos velamos, dispuestos a asistirle con la mayor solicitud y esmero; pero el infeliz don Pablo no necesitó largo tiempo de nuestra asistencia. Cerca de la madrugada, abrió los ojos, llamó a su hija, y abrazándola tiernamente le habló así:

—¿Te quedas tú, hija mía? ¿Te quedas aquí cuando yo me voy? ¿De modo que no te veré más? Entonces toda la eternidad será infierno para mí... Josefina, ven, sígueme, ponte el manto que nos vamos. Mi hija no se apartará de mí ni un solo momento... Después de pasar juntos las grandes penas, ¿hemos de separarnos cuando todo ha concluido? No, Josefina. Vámonos juntos o nos quedaremos aquí en Castellà. Paseemos por nuestra huerta viendo cómo van saliendo los pepinos, y no nos cuidemos de lo que pasa en Gerona. Mira qué tomates, hija, y observa cómo van tomando color esos pimientos... ¿Ves? Por ahí viene la señora Pintada pavoneándose con sus dieciocho pollos: entre ellos hay seis patitos, que son los más guapos, los más salados y los más monos de todos. Llegan al estanque, y sin que la madre pueda impedirlo con cacareadas amonestaciones... ¡zas!, al agua todos. Mira cómo se asusta la señora Pintada y los llama. Pero ellos... sí, que si quieres... Hija mía, los perales no pueden con más peras: algunas están maduras. ¿Pues y los melocotones? Me parece que la cabra ha mordido en las matas de estas remolachas... ¡pero quia! ¡si es Dioscórides, el burro de nostramo Mansió! Míralo, allí está haciendo de las suyas. ¡Eh, fuera! Le llamo Dioscórides por lo grave y sesudo. El gran sabio de la antigüedad me perdone... ¿Has visto las palomas, Josefina? Veamos si anoche se han comido también las ratas algunos huevos de los que aquellas están sacando... ¡Eh, nostramo Mansió, que Dioscórides se come la huerta! Amárrelo usted... El pobre hortelano no me oye... ¡Qué ha de oír si está limpiándole las babas a su nieta? Ven acá, Pauleta, toma la mano de Josefina, y vamos a ordeñar la vaca. ¡Qué hermoso está el ternerillo! No acercarse mucho, que el otro día dio una cornada a nostramo... A ver, Josefina, trae el cántaro. Mansió dice que yo no sé hacer esta maniobra, y yo le desafío a él y a todos los nostramos de la comarca a que hagan mejor que yo esta operación del ordeñar. No temas, Esmeralda, no te hago daño, pisch, pisch... Esta atmósfera del establo te sienta muy bien, hija, y a mí me agrada en extremo... Ya viene tranquila, dulce, grave, amorosa y callada la incomparable noche, en cuyo seno tan bien reposa mi alma. ¿Oyes las ranas, que empiezan a saludarse diciéndose: *¿Cómo estáis? Bien, ¿y vos?* ¿Oyes los grillos disputando esta noche sobre el mismo tema de anoche? ¿Oyes el misterioso disílabo del cuco, que parece la imagen musical más perfecta de la serenidad del espíritu? Ya vienen los labradores del trabajo. ¡Con qué gusto alargan los bueyes su hocico adivinando la proximidad del establo! Oye los cantos de esos gañanes y de esos chicos, que vuelven hambrientos a la cabaña. Ahí los tienes. Mira cómo rodean a la abuela, que ya ha puesto el puchero a la lumbre. El humo de los techos formando esbeltas columnas sobre el cielo azul, discurre luego y vaporosamente se extiende a impulsos del suave viento que viene de la montaña a jugar en las copas de estos verdes olmos, de estas oscuras encinas, de estos lánguidos sauces, de estos flacos chopos, cuyas charoladas hojas brillan con las últimas luces de la tarde... La oscuridad avanza poco a poco, y el cielo profundo ofrece sobre nuestras cabezas un tranquilo mar al revés, por cuyo diáfano cristal en vano tratamos de lanzar la vista para distinguir el fondo. ¡Oh!, quedémonos aquí, hija mía, y no nos separemos ni salgamos más de este lugar delicioso. Todo está tranquilo: los cencerros de las ovejas suenan con grave música a lo lejos; el cuco, el grillo y la rana no han acabado aún de poner en claro la cuestión que les tiene tan declamadores. El viento cesa también, cierra los ojos, extiende los brazos y se duerme. Ya no humean los techos; Esmeralda se echa sobre la fresca yerba, y su hijo, abrigándose junto a ella, hociquea buscando en el seno materno lo que nosotros hemos dejado. Nostramo Mansió duerme también, y Dioscórides, escondiendo el ojo brillante bajo la negra ceja, sumerge el cerebro en profundo sopor. Las palomas han dejado de arrullarse, los conejos se esconden en sus guaridas, meten los pájaros bajo el ala la inteligente cabeza, y la señora Pintada se retira pausadamente al corral con sus dieciocho hijos, incluso los patos, que van dejando en el suelo la huella de sus palmas mojadas. El mundo reposa, hija; reposemos nosotros también. El cielo está oscuro. Todo está oscuro, y no se ve nada. Mi espíritu y el tuyo anhelaban ha tiempo esta profunda tranquilidad por nadie ni por nada turbada. Reposemos; no hay Sol ni Luna en el cielo, y solo el lucero nos envía una luz que viene recta hasta nosotros como un hilo de plata. Míralo, Josefina, y descansa tu frente en mi hombro. Yo reposaré mi cabeza sobre la tuya, y así nos dormiremos apoyados el uno en el otro. Todo ha callado y no se ve más que el lucero... ¿lo ves?

Después de esto, nada más dijo en este mundo el señor Nomdedeu.

Algún tiempo después de expirar, nos costó gran trabajo desasir de los brazos helados del doctor a su desconsolada hija, cuyo estado era tan lastimoso que daba ocasión a augurar una segunda catástrofe.

XXIV

Adiós, señores; me voy a Francia, me llevan. Los sucesos que he referido habíanme hecho olvidar que era prisionero de guerra, como los demás defensores de la plaza, y era forzoso partir. Solamente en razón de mi enfermedad me fue permitido, como a otros muchos, el permanecer allí desde el 10 hasta el 21, de modo que con el mal acababa la dulce libertad.

Adiós, señores; me voy, adiós, pues tanta prisa me daba aquella canalla, que no digo para despedirme de mis caros oyentes, pero ni aun para abrazar a Siseta y sus hermanos me alcanzaba el breve tiempo de que disponía. Notificada la marcha, nos señalaron hora, nos recogieron y haciéndonos formar en fila, camina que caminarás a Francia. Los castigos impuestos por contravenir el programa de circunspección que nos habían recomendado, eran: la pena de muerte para el conato de fuga, cincuenta palos por hablar mal de José Botellas, cantar el *dígasme tú Girona,* o nombrar a don Mariano Álvarez. —Adiós, Siseta, adiós, Badoret y Manalet, cara esposa y hermanitos míos. Cuidado con lo que os he advertido. El prisionero os escribirá desde Francia, si antes no logra burlar la vigilancia de sus crueles carceleros. Adiós. No os mováis de aquí, mientras yo no os lo mande, ni penséis por ahora en tomar posesión de vuestros alcornoques, que eso y mucho más se hará más adelante. Acompañad a la desgraciada hija del gran don Pablo, y alegrad sus tristes horas. Adiós, dad otro abrazo a Andrés Marijuán, a quien llevan preso a Francia por haber defendido la patria. Tengo confianza en Dios, y el corazón me dice que no he de dejar los huesos en la tierra de los *cerdos.* Ánimo: no lloréis, que el que ha escapado de las balas, también escapará de las prisiones; y sobre todo no es de personas valerosas el lagrimear tanto por un viaje de pocos días. Salud es lo que importa, que libertad... ella sola se viene por sus pasos contados, sin que nadie lo pueda impedir. Adiós, adiós.

Así les hablaba yo al despedirme, y por cierto que carecía completamente del ánimo y entereza que a los demás recomendaba, faltándome poco para dar al traste con mi seriedad; pero convenía en aquella ocasión echármela de hombre de bronce. Mi gravedad era ficticia y no hay heroísmo más difícil que aquel que yo intentaba al despedirme de Siseta y sus hermanos. La verdad es que tenía el corazón oprimido como si mano gigantesca me lo estrujara para sacarle todo su jugo.

Siseta se quedó en la calle de la Neu, agobiada por su profunda aflicción. Badoret y Manalet me acompañaron hasta más allá de Pedret, y no fueron más adelante porque se lo prohibí, temiendo que con la oscuridad de la noche se extraviaran al regresar. Salimos, pues, en la noche del 21. Delante iba rodeado de gendarmes a caballo el coche en que llevaban a don Mariano Álvarez: seguían los oficiales, entre los cuales estaba mi amo, y dos o tres asistentes completábamos el primer grupo de la comitiva. Más atrás marchaba toda la clase de tropa, soldados convalecientes de heridas o de epidemia en su mayor parte. La procesión no podía ser más lúgubre, y el coche del gobernador rodaba despaciosamente. No se oía más que lengua francesa, que hablaban en voz alta y alegre nuestros carceleros. Los españoles íbamos mudos y tristes.

Hicimos alto en Sarrià, donde se nos agregaron los frailes que habían salido antes que nosotros con el mismo destino, y con sus paternidades a la cabeza nada faltó para que la comitiva pareciese un jubileo. Daba lástima verlos, porque si entre ellos había jóvenes robustos y recios que resistían el rigor de la penosa jornada, no faltaban ancianos encorvados y débiles que apenas podían dar un paso. La gendarmería los arreaba sin piedad, y lo más que se les concedió fue que alguno de nosotros les ofreciera apoyo llevándolos del brazo. El padre Rull sofocaba su impetuosa cólera, y marchando delante de todos con resuelto paso, revolvía sin duda en su mente proyectos de venganza. Los legos, que cargaban repletas alforjas, repartían graciosamente en cada descanso raciones de pan, queso, frutas secas y algún vino, de lo cual algo se rodaba siempre hacia la parte seglar de la caravana, aunque no mucho. Algunos gendarmes franceses, más humanos que sus jefes, también nos ofrecían no poca parte de sus víveres.

De este modo llegamos a Figueras a las tres de la tarde del 22, y sin permitirle descanso alguno, fue el gobernador enviado al castillo de San Fernando. Frailes y soldados quedaron en el pueblo, y solamente subimos con aquel los del servicio del propio general o de sus ayudantes. Marchamos todos tras el coche, y al llegar dentro de la fortaleza, la debilidad de don Mariano era tal, que tuvimos que sacarle en brazos para trasportarle de la misma manera al pabellón que le habían destinado, el cual era un desnudo y destartalado cuartucho sin muebles. Entró el héroe con resignación en aquella pieza, y echose sin pronunciar queja alguna sobre las tablas, que a manera de cama le destinaron. Los que tal veíamos, estábamos indignados, no comprendiendo tan baja e innoble crueldad en militares hechos ya de antiguo a tratar enemigos vencidos y rivales poderosos, pero callábamos por no irritar más a los verdugos, que parecían disputarse cuál trataba peor a la víctima. Luego que se instaló, trajeron al enfermo una repugnante comida, igual al rancho de los soldados de la guarnición; pero Álvarez, calenturiento, extenuado, moribundo, no quiso ni aun probarla. De nada nos valió pedir para él alimentos de enfermo, pues nos contestaron bruscamente que allí no había nada mejor, y que si durante el cerco habíamos sido tan sobrios, comiésemos entonces lo que había.

Con la resignación y entereza propias de su grande alma, resistió Álvarez estas miserias y bajas venganzas de sus carceleros; y solo le vimos inmutado cuando el gobernador del castillo, que era un soldadote de mediana graduación, brusco, fatuo y muy soplado, empezó a dirigirle impertinentes preguntas. La insolencia de aquella canalla nos tenía ciegos de ira, pues no solo el gobernador de la plaza, sino oficialejos de la última escala, se atrevían a hacer preguntas tontas e importunas a nuestro héroe, que ni siquiera les hacía el honor de mirarles.

Las preguntas eran no solo contrarias a la cortesía, sino al espíritu militar, pues en todas ellas se le pedía cuenta a nuestro jefe del gran crimen de haber defendido hasta la desesperación la ciudad que el gobierno de su patria le había confiado. No parecían militares los que con insultos y burlas groseras mortificaban al hombre de más temple que en todo tiempo se pusiera delante de sus armas. Álvarez, siempre caballero aun en presencia de gente de tal ralea, les respondió sencillamente: —*Si ustedes son hombres de honor, hubieran hecho lo mismo en mi lugar*—. Tan sublime concepto no lo comprendían la mayor parte, y solamente algunos oficiales distinguidos, penetrándose del indigno papel que estaban haciendo, se apresuraron después de la respuesta del general, a poner fin al denigrante interrogatorio.

Mi amo enviome al instante al pueblo en busca de carne para aderezar la comida del enfermo, y gracias a mi prontitud y diligencia, pronto pudimos servirle una comida mediana. Delante de los franceses, que nos negaban todo auxilio, Satué puso el puchero, soplaba el fuego otro oficial español, y convertidos todos en cocineros, nos disputábamos chicos y grandes el honor de asistir al enfermo. Pasó bien la noche; pero serían las dos de la madrugada, cuando con estrépito llamaron a la puerta del pabellón, diciéndonos que nos dispusiéramos a seguir el viaje a Francia. Álvarez, que dormía profundamente, despertó al ruido, y enterado de la continuación de la jornada, dijo sencillamente: —Vamos allá—. Quiso incorporarse sobre las tablas en que con nuestros capotes le habíamos arreglado un mal lecho, y no pudo... ¡Tan agotadas estaban sus fuerzas!... Pero en brazos le llevamos nosotros al coche, y con un frío espantoso, azotados por la lluvia de hielo y pisando la nieve que cubría el camino, emprendimos el de la Junquera. Una precaución ridícula habían añadido los franceses a las que antes tomaran para custodiarnos. Esto hace reír, señores. Además de la fuerte escolta de caballos, sacaron también de Figueras dos piezas de artillería, que iban detrás de nosotros, amenazándonos constantemente. Es que su recelo de que nos escapásemos era vivísimo, y con ninguna de las cautelas ordinarias creían segura la persona de don Mariano Álvarez, inválido y casi moribundo. Éramos muy pocos en aquella segunda jornada, porque los frailes y la tropa quedáronse en Figueras hasta el amanecer. Ignoro si para tener a raya las fogosidades del padre Rull, se pertrecharon también con un par de baterías de campaña y algunos regimientos de línea.

En la Junquera nos detuvimos muy poco tiempo; siguiendo luego por Francia adelante, llegamos a Perpiñán a las siete de la noche del mismo día 23, y después de detenemos en casa del gobernador, nos llevaron al Castillet, fortaleza de ladrillo, de airosa vista, obra del rey don Sancho, la cual habrán visto cuantos hayan estado en aquella ciudad. Sin más ceremonias, destinaron para habitación de Álvarez un tenebroso aposento a manera de calabozo, con más humedades que muebles, y tan inmundo y sucio, que el mismo don Mariano, a pesar de su temple resignado y fuerte, no pudo contenerse y exclamó con indignación: *¿Es este sitio propio para vivienda de un general? ¿Y son ustedes los que se precian de guerreros?* El alcaide, que era un bárbaro, alzó los hombros, pronunciando algunas palabrotas francesas, que me pareció querían decir poco más o menos: «es preciso tener paciencia.» Luego, dirigiéndose a los de la comitiva, aquel caritativo personaje nos dijo que estaba dispuesto a darnos de comer lo que quisiéramos, pagándolo previamente en buena moneda española. La moneda española ha sido siempre muy bien recibida en todo país donde ha habido manos. Dándole las gracias, pedímosle lo que nos pareció más necesario, y aguardamos la cena, aposentados todos en la inmunda pocilga. Nuestro primer cuidado fue improvisar con los capotes una cama para el gobernador, cuya fatiga y debilidad iban siempre en aumento. El cancerbero volvió al poco rato con unos manjares tan mal guisados, que no se podían comer, lo cual no fue parte a impedir que nos los cobrase a peso de oro; pero se los pagamos con gusto, suplicándole, unos en mal francés y otros en castellano, que nos hiciera el favor de no honrarnos más con su interesante presencia.

Pero él o no entendió o quiso mostrarnos todo el peso de su impertinencia, y a cada cuarto de hora venía a visitarnos, poniéndonos ante los ojos, que en vano querían dormir, la luz de una deslumbradora linterna. Esto mortificaba a todos; pero principalmente al enfermo, que por su estado necesitaba reposo y sueño, y así se lo dijimos al alcaide, añadiéndole que como no pensábamos fugarnos, podía eximirnos de sus repetidos reconocimientos. Él nos respondía con amenazas soeces; quedábamos luego a oscuras, nos vencía el dulce sueño; pero no habíamos trasportado los umbrales de esta rica y apacible residencia del espíritu, cuando la luz de la linterna volvía a encandilar nuestros ojos, y el alcaide nos tocaba el cuerpo con su pata para cerciorarse por la vista y el tacto de que estábamos allí.

Satué, furioso y fuera de sí, me dijo en uno de los pequeños intervalos en que estábamos solos: «Si ese bestia vuelve con la linterna, se la estrello en la cabeza.» Pero don Mariano, calmó su arrebato, condenando una imprudencia que podía ser a todos funestísima. La noche fue por tanto, y merced a las visitas del alcaide, penosa y horrible. Por la mañana nos hizo el honor de visitarnos el comandante de la plaza, el cual habló largamente con Álvarez, tratándole con cierta benevolencia cortés que nos agradó; mas luego hizo recaer la conversación sobre un suceso de que no teníamos noticia y allí dio rienda suelta a las groserías y los insultos. Parece que algunos oficiales de los trasladados a Francia inmediatamente después de la rendición de Gerona, se habían fugado, en lo cual obraron cuerdamente, si padecieron el martirio de la linterna del señor alcaide. Al hablar de esto, el comandante les prodigó delante de nosotros vocablos harto denigrantes, añadiendo: «Pero por fortuna, hemos pescado a once de los prófugos, y han sido arcabuceados hace dos días. Buscamos a los demás.»

Álvarez se sonrió y dijo: *¿Con que volaron, eh?...* y en su rostro por un instante dibujose ligera expresión festiva. A pesar de que el comandante de Perpiñán no era hombre de mieles, prometió a Álvarez dejarle descansar todo aquel día, poniendo freno a las importunidades de la candileja, y nos dispusimos para dormir; pero ¡ay!, estábamos destinados a nuevos tormentos, entre los cuales el mayor era presenciar cómo padecía en silencio sin hallar alivio en sus males ni piedad en los hombres, el más fuerte y digno de los españoles de aquel tiempo; estábamos entre gente que hacía punto de honra el mudar las coronas del heroísmo en coronas de martirio sobre la frente del que no se abatió, ni se dobló, ni se rompió jamás mientras tuvo un hálito de vida que sostuviera su grande espíritu.

Serían, pues, las diez de la mañana, cuando el alcaide nos hizo ver su cara redonda, encendida y brutal, de rubios pelos adornada, y aunque por la claridad del día venía sin linterna, demostronos desde sus primeras palabras que no venía a nada bueno. Díjonos aquel simpático pedazo de la humanidad que nos dispusiéramos a salir todos, y como le indicáramos que el enfermo a causa de la horrorosa fiebre no podía moverse, repuso que vendría quien le hiciese mover. Don Mariano nos dio el ejemplo de la resignación, incorporándose en su lecho, y pidiendo su sombrero. Le levantamos en brazos; trató de andar por su propio pie, mas no siéndole posible, le condujimos fuera del aposento, y bajamos todos en triste procesión, mudos y abrumados de pena. Fuera del castillo vimos dos filas de gendarmería indicándonos el camino hacia la muralla, y la curiosa multitud nos contemplaba con lástima. Aquel espectáculo no podía ser más triste, y con el alma oprimida y llena de angustia dije para mí: «Nos van a fusilar.»

XXV

¡Oh, qué trance tan amargo, y qué horrenda hora! Eso de que a sangre fría le quiten a uno la preciosa existencia, lejos de la patria, ausente de las personas queridas, sin ojos que le lloren, en soledad espantosa y entre gente que no ve en ello más que la víctima inmolada a los intereses militares, es de lo más abrumador que puede ofrecerse a la contemplación del espíritu humano. Yo miraba aquel cielo, y no era como el cielo de España; yo miraba a aquella gente, oía su lengua extraña modulando en conjunto voces incomprensibles, y no era aquella gente tampoco como la gente de España. Sobre todo, Siseta no estaba allí, y el vacío formado por su ausencia no lo habrían frenado cien vidas otorgadas en cambio de la que me iban a quitar. Me ocurrió protestar contra aquella barbarie, gritando y defendiéndome contra miles de hombres; pero la realidad de mi impotencia me aplastaba con formidable pesadumbre. Dejé de ver lo que tenía ante los ojos, y muy intensa congoja me hizo llorar como una mujer. Mostraban entereza mis compañeros; pero ellos no habían dejado en Gerona ninguna Siseta.

Al llegar a la muralla vimos formados en fila a los frailes y soldados que nos habían seguido. Algunos legos y ancianos lloraban; pero el padre Rull despedía llamas por sus negros y varoniles ojos. En tan supremo trance, el fraile patriota, rabiando de enojo contra sus verdugos, había olvidado la principal página del Evangelio. Nos pusieron también a nosotros en fila, y la persona de Álvarez fue confundida entre los demás sin consideración a su jerarquía. Estuvimos parados largo rato, ignorando qué harían de nosotros, en terrible agonía, hasta que apareció un oficialejo barrigudo, que con un papelito en la mano nos iba nombrando uno por uno. Tanto aparato, la cruel exhibición ante el populacho, el despliegue de tan colosales fuerzas contra unos pobres enfermos muertos de hambre, de cansancio y de sueño, no tenía más objeto que pasar lista. ¡Ay! Cuando adquirí la certidumbre de que no nos fusilaban, los franceses me parecieron la gente más amable, más caritativa y más humana del mundo.

Volvimos al castillo, donde hallamos una gran novedad. El aposento donde pasamos la noche, se había considerado como un gran lujo de comodidades para estos pícaros *insurgentes y bandidos,* que tan heroicamente defendieron la plaza de Gerona, y nos destinaron a una lóbrega mazmorra sin aire, empedrada de agudísimos guijarros, entre cuyos huecos se remansaban fétidas aguas. Doble puerta con cerrojos fuertísimos la cerraba, y un mezquino agujero abierto en el ancho muro dejaba entrar solo al medio día un rayo de luz, insuficiente para que nos reconociésemos las caras. Protestamos; el mismo Álvarez reprendió ásperamente al alcaide; pero este ni aun siquiera tuvo la dignación de contestarnos otra cosa más que la oferta de servirnos una buena comida, si se la pagábamos bien. El ilustre enfermo se empeoraba de hora en hora, y desde aquel día comprendimos que se nos iba a morir en los brazos, si no se instalaba en lugar más higiénico. Haciendo un esfuerzo el mismo Álvarez, escribió una carta al general Augereau, notificándole los malos tratamientos de que era objeto; pero no tuvo contestación. Y seguía lo de la linterna por la noche, en cuya obra caritativa se esmeraba el maldito francés regordete y rubio, amén de robarnos con la perversa cena que nos ponía. Si el gobernador necesitaba alguna medicina, no había fuerzas humanas que la hiciesen traer, por temor de que se envenenara, y registrándonos escrupulosamente, fuimos despojados de todo instrumento cortante para evitar que tratásemos de poner fin a aquella deliciosa vida con que éramos regalados.

En aquella inmunda pocilga estuvimos hasta que concluyó Diciembre y el funestísimo año 9, enfermos todos, y más que enfermo, moribundo el gran Álvarez, que al resistir tan grandes padecimientos mostró tener el cuerpo tan enérgico y vigoroso como el alma. Durante las largas y tristes horas departía con nosotros sobre la guerra, contábanos su gloriosa historia militar y nos infundía esperanza y bríos, augurando con elevado discernimiento el glorioso fin de la lucha con los franceses y el triunfo de la causa nacional. Su extraordinario espíritu, superior a cuanto le rodeaba, sabía abarcar los acontecimientos con segura perspicacia, y oyéndole, oíamos la voz poderosa de la patria que llegaba al calabozo excavado en extranjero suelo.

Al fin nuestro doloroso encierro en aquella mazmorra donde nos consumíamos viendo extinguirse la noble vida del defensor de Gerona, tuvo fin una noche en que el alcaide entró a decirnos que nos vistiéramos a toda prisa porque nos iban a internar en Francia. Esta noticia, a pesar de alejarnos de España nos produjo inmensa alegría porque ponía fin al encierro, y no aguardamos a que la repitiese el panzudo hombre de la linterna, demostrándole de diversos modos el gran gusto que sentíamos por perderle de vista lo mismo que a su aparato. Nos sacaron de Perpiñán con numerosa escolta, y iban los frailes con nosotros. El jefe de la gendarmería dio orden de fusilar a todo señor fraile que tratase de huir, y nos pusimos en marcha.

Pero en este viaje la Providencia nos deparó un hombre generoso y caritativo que a escondidas de los franceses, sus compatriotas, prodigó al ilustre enfermo solícitos cuidados. Era el mismo cochero que le conducía, el cual, condolido de sus males e ignorando que fuese un héroe, mostró sus cristianos sentimientos de diversos modos. Agradecidos a su bondad quisimos recompensarle; pero no consintió en admitir nada, y como los gendarmes le mandaran que avivase el paso de las caballerías para marchar más a prisa, él, sabiendo cuánto daño hacía al paciente la celeridad de la carrera, fingió enfermedades en el escuálido ganado y desperfectos en el viejo coche para justificar el tardo paso con que andaba. Todos los de a pie, que éramos los más, le agradecimos en el alma la pereza de su vehículo.

Después de descansar un poco en Salces, hicimos noche en Sitjans, y nunca a tal punto llegáramos, porque haciendo bajar de su coche al general, le aposentaron con los demás de su séquito en una caballeriza llena de estiércol, y donde no había cama ni sillas, ni nada que se pareciese a un mueble, siquiera fuese el más mezquino y pobre. Agotada la paciencia ante tanta infamia, y viendo cuán poco adecuado era aquel inmundo sitio para quien por su categoría y además por su lastimoso estado tenía derecho a todas las consideraciones, no pudimos contener la explosión de nuestro enojo, y con durísimas palabras increpamos al jefe de la gendarmería. Este, después de amenazarnos, pareció aplacarse, comprendiendo sin duda la justicia de nuestra reclamación, y al fin después de vacilar, vino a decir en suma que el alojamiento no era cuenta suya. Por fin el cochero, con orden o por simple tolerancia del jefe de la fuerza, introdujo en la cuadra una cama en que descansó algunas horas el desgraciado enfermo, cuya prodigiosa resistencia parecía tocar ya al último límite.

A la mañana siguiente cuando nos íbamos a poner de nuevo en marcha, aparecieron unos guardias a caballo que traían una orden para el jefe que nos conducía. Abriendo el pliego en nuestra presencia, nos dio a conocer su contenido, el cual no era otra cosa sino que monsieur Álvarez debía volver a España. Esto nos alegró sobre manera, por la esperanza de ver pronto la patria querida, y hasta sospechamos, si, apiadados de nuestra desgracia, se dispondrían aquellos caballeros a dejarnos en libertad luego que traspasásemos la frontera. Los frailes, la gente de tropa que no pertenecía a la comitiva del enfermo, creyéronse también destinados a pisar pronto el suelo español, y mostráronse muy alegres; pero los gendarmes al punto les sacaron de su risueño error, mandándoles seguir adelante, por Francia adentro. Nos despedimos de ellos tiernamente recogiendo encargos, recados, cartas y amorosas memorias de familia, y volvimos la cara al Pirineo. Don Mariano al saber que se variaba de rumbo, dijo: *«Como no me vuelvan al Castillet de Perpiñán, llévenme a donde quieran.»*

Excuso enumerar los miserables aposentamientos, los crueles tratos que se sucedieron desde Sitjans a la frontera española, ni sé cómo por tanto tiempo y a tan repetidos golpes resistió la naturaleza del hombre contra quien se desplegaba tan gran lujo de maldad. Por último, señores, concluiré refiriendo a ustedes la última escena de aquel terrible *via crucis,* la cual ocurrió en la misma frontera, y un poco más allá de Pertús. Es el caso que cuando con el mayor gozo habíamos pisado la tierra de España, se presentaron unos guardias a caballo con nuevas órdenes para los gendarmes. El jefe mostrose muy contrariado, y habiéndose trabado ligera reyerta entre este y uno de los portadores del oficio, oímos esta frase, que aunque dicha en francés, fácilmente podía ser comprendida: «Monsieur Álvarez debe volver, pero los edecanes y asistentes no.»

Al punto comprendimos que se nos quería separar de nuestro idolatrado general, dejándonos a todos en Francia, mientras a él se le llevaba otra vez solo, enteramente solo, al castillo de Figueras. Esto causó una verdadera desolación en la pequeña comitiva. Satué, cerrando los puños y vociferando como un insensato, dijo que antes se dejaría hacer pedazos que abandonar a su general; otros, creyendo mal camino para convencer a nuestros conductores el de la amenaza y la cólera, suplicamos al jefe de los gendarmes que nos dejase seguir. El mismo enfermo indicó que si se le separaba de sus fieles compañeros de desgracia, la residencia en España le sería tan insoportable al menos, como la prisión en el Castillet. Suplicamos todos en diverso estilo que nos dejasen asistir y consolar a nuestro querido gobernador, pero esto fue inútil. Como complemento de los mil martirios que con refinado ingenio habían aplicado al héroe, quisieron someter su grande alma a la última prueba. Ni su enfermedad penosísima, ni sus años, ni la presunción de su muerte que se creía próxima y segura, les movieron a lástima; tanta era la rabia contra aquel que había detenido durante siete meses frente a una ciudad indefensa a más de cuarenta mil hombres, mandados por los primeros generales de la época; que no había sentido ni asomo de abatimiento ante una expugnación horrorosa en que jugaron once mil novecientas bombas, siete mil ochocientas granadas, ochenta mil balas, y asaltos de cuyo empuje se puede juzgar considerando que los franceses perdieron en todos ellos veinte mil hombres.

Cansados de inútiles ruegos, pedimos al fin que se permitiera ir acompañando y sirviendo al general a uno de nosotros, para que al menos no careciese aquel de la asistencia que su estado exigía; pero ni esto se nos concedió. La agria disputa inspiró al mismo Álvarez las palabras siguientes: *«Todas estas son estratagemas de que se valen los franceses para mortificar a aquel a quien no han podido hacer bajar la espalda.»*

Bruscamente nos quisieron apartar del coche en que iba; pero atropellando a los que nos lo impedían, nos abalanzamos sobre él, y unos por un costado otros por el opuesto, le besamos las manos regándolas con nuestras lágrimas. Satué se metió violentamente dentro del coche, y los gendarmes lo sacaron a viva fuerza, amenazándole con fusilarle allí mismo, si no se reportaba en las manifestaciones de su dolor. El general, despidiéndonos con ánimo sereno, nos dijo que renunciásemos a una inútil resistencia, conformándonos con nuestra suerte; añadió que él confiaba en el próximo triunfo de la causa nacional, y que aun sintiéndose próximo a morir, su alma se regocijaba con aquella idea. Recomendonos la prudencia, la conformidad, la resignación, y él mismo dio a sus conductores la orden de partir para poner pronto fin a una escena que desgarraba su corazón lo mismo que el nuestro. El cupé partió a escape y nos quedamos en Francia, sujetados por los gendarmes, que nos ponían sus fusiles en el pecho para impedir las demostraciones de nuestra ira. Seguimos con los ojos llenos de lágrimas de desesperación el coche que se perdía poco a poco entre la bruma, y cuando dejamos de verle, Satué bramando de ira, exclamó: «Se lo llevaron esos perros; se lo llevan para matarle sin que nadie lo vea.»

XXVI

No puedo pintar a ustedes nuestra profunda consternación al vernos esclavos de Francia, y considerando la situación del desgraciado Álvarez, solo, en poder de sus verdugos. Nuestra propia suerte de prisioneros nos causaba menos pesar que la de aquel heroico veterano, condenado por su valor sublime a ser juguete de una cruel soldadesca, a quien lo entregaron para que se divirtiese martirizándole.

Encerráronnos en Pertús en una inmunda cuadra, donde con centinelas de vista nos tuvieron hasta el día siguiente, en cuya alborada, cuando nos llevaban fuera del pueblo, verificamos un acto honroso, con el cual quiero poner fin a mi narración. Allí, sobre unas peñas desde las cuales se divisaban a lo lejos los cerros y vertientes de España, nos dimos las manos y juramos todos morir antes que resignarnos a soportar la odiosa esclavitud que la canalla quería imponernos. Desde aquel instante principiamos a concertar un hábil plan para fugarnos, cual tantos otros, que llevados a Francia, habían sabido volver por peligrosos caminos y medios a la patria invadida.

Amigos míos: por no cansar a ustedes con prolijidades que solo a mí se refieren y a mis particulares cuitas, omito los pormenores de nuestra residencia en Francia, y de los medios que empleamos para regresar a España. Éramos seis, y solo tres volvimos. Los demás, cogidos *in fraganti*, fueron fusilados, dos en Maurellas y uno en Boulou. ¿Alguno de los que me oyen no se ha visto en igual caso? ¡Cuántos de los que estamos aquí desataron sus manos de las cuerdas que los franceses han llevado a Francia después de la toma de Zaragoza o de Madrid! Con la relación de los padecimientos que sufrí en la frontera, de las diabluras y estratagemas que puse en juego para escaparme, y de las mil cosas que me sucedieron desde que pasé la frontera por Puigcerdà hasta unirme en el centro de España a esta división de Lacy en que ahora estoy, emplearía otras dos noches largas, pues todo el sitio de Gerona y las extravagancias de don Pablo Nomdedeu no exigen más tiempo y espacio que los peligros, trapisondas, trabajos y terribles trances en que me he visto. Concluyo, pues, no sin dirigir una ojeada hacia atrás, como parecen exigírmelo mis caros oyentes, deseosos de saber qué fue de Siseta, así como de sus hermanitos Badoret y Manalet.

No estaría mi ánimo tranquilo si en tan largo plazo hubiese vivido sin saber de personas tan caras para mí. Antes de abandonar a Cataluña con intención de unirme al ejército del Centro, hallé medios para hacer llegar a Gerona noticias mías, y Dios me deparó el consuelo de que también vinieran a mí verdaderas y frescas. Los tres hermanos siguen allí sanos y buenos en compañía de la señorita Josefina, que en ellos ve toda su familia, y el único consuelo de sus tristes días. La hija del doctor no ha recobrado por completo la salud, ni desgraciadamente la recobrará, según me dicen. Ha tenido inclinación a entrar en un convento; mas Siseta procura arrancarla sus melancolías y la induce a que aspire al matrimonio, en la seguridad de encontrar buen esposo. No demuestra, sin embargo, Josefina disposición a seguir este consejo, y gusta de embeber su vida en contemplaciones de la Naturaleza y de la religión, que son sin duda el alimento más apropiado a su pobre espíritu huérfano y solitario.

Siseta y sus hermanos aguardan a que yo me retire del ejército para marchar a la Almunia, donde tengo mis tierras, consistentes en dos docenas de cepas y un número no menor de frondosos olivos, y por mi parte pido a Dios que nos libre al fin de franceses, para poder soltar el grave peso de las armas y tornar a mi pueblo, donde no pienso hacer al tiempo de mi llegada otra cosa de provecho más que casarme.

Con lo que Siseta ha heredado, y lo que yo poseo, tenemos lo suficiente para pasar con humilde bienestar y felicidad inalterable la vida, pues no me mortifica el escozor de la ambición, ni aspiro a altos empleos, a honores vanos ni a la riqueza, madre de inquietudes y zozobras. Hoy peleo por la patria, no por amor a los engrandecimientos de la milicia, y de todos los presentes soy quizás el único que no sueña con ser general.

Otros anhelan gobernar el mundo; sojuzgar pueblos y vivir entre el bullicio de los ejércitos; pero yo contento en la soledad silenciosa, no quiero más ejércitos que los hijos que espero ha de darme Siseta.

Así acabó su relación Andresillo Marijuán. La he reproducido con toda fidelidad en su parte esencial, valiéndome como poderoso auxiliar del manuscrito de don Pablo Nomdedeu, que aquel mi buen amigo me regaló más tarde cuando asistí a su boda. Repito lo que dije al comenzar el libro, y es que las modificaciones introducidas en esta relación afectan solo a la superficie de la misma, y la forma de expresión es enteramente mía. Tal vez haya perdido mucho la leyenda de Andrés al perder la sencillez de su tosco estilo; pero yo tenía empeño en uniformar todas las partes de esta historia de mi vida, de modo que en su vasta longitud se hallase el trazo de una sola pluma.

Cuando Marijuán calló, algunos de los presentes dieron interpretaciones diversas al encierro de don Mariano Álvarez en el castillo de Figueras, y como ya desde antes de entrar en Andalucía habíamos sabido la misteriosa muerte del insigne capitán, la figura más grande sin duda de las que ilustraron aquella guerra, cada cual explicó el suceso de distinto modo.

—Dícese que le envenenaron —afirmó uno— en cuanto llegó al castillo.

—Yo creo que Álvarez fue ahorcado —opinó otro— pues el rostro cárdeno e hinchado, según aseguran los que vieron el cadáver de Su Excelencia, indica que murió por estrangulación.

—Pues a mí me han dicho —añadió un tercero— que lo arrojaron a la cisterna del castillo.

—Hay quien afirma que le mataron a palos.

—Pues no murió sino de hambre, y parece que desde su llegada fue encerrado en un calabozo, donde lo tuvieron tres días sin alimento alguno.

—Y cuando le vieron bien muerto, y se aseguraron de que no volvería hacer otra como la de Gerona, expusiéronle en unas parihuelas a la vista del pueblo de Figueras, que subió en masa a contemplar el cuerpo del grande hombre.

Discutimos largo rato sin poder poner en claro la clase de muerte que había arrebatado del mundo a aquel inmortal ejemplo de militares y patriotas; pero como su fin era evidente, convinimos por último en que el esclarecimiento del medio empleado para exterminar tan terrible enemigo del poder imperial, afectaba más al honor francés que al ejército español, huérfano de tan insigne jefe; y si verdaderamente fue asesinado, como se ha venido creyendo desde entonces acá, la responsabilidad de los que toleraron sin castigarla tan atroz barbarie bastaría a exceptuar entonces a Francia de la aplicación de las leyes de la guerra en lo que antes tienen de humano. Que murió violentamente parece indudable, y mil indicios corroboran una opinión que los historiadores franceses no han podido con ingeniosos esfuerzos destruir. No es creíble que órdenes de París impulsaran este horrible asesinato; pero un poder que si no disponía, toleraba tan salvajes atentados, merecía indisputablemente las amarguras y horrendas caídas que experimentó luego. La soberbia enfatuada y sin freno perpetra grandes crímenes ciegamente, creyendo realizar actos marcados por ilusorio destino. Los malvados en grande escala que han tenido la suerte o la desgracia de que todo un continente se envilezca arrojándose a sus pies, llegan a creer que están por encima de las leyes morales, reguladoras según su criterio, tan solo de las menudencias de la vida. Por esta causa se atreven tranquilamente y sin que su empedernido corazón palpite con zozobra, a violar las leyes morales, ateniéndose para ello a las mil fútiles y movedizas reglas que ellos mismos dictaron llamándolas razones de estado, intereses de esta o de la otra nación; y a veces si se les deja, sobre el vano eje de su capricho o de sus pasiones hacen mover y voltear a pueblos inocentes, a millares de individuos que no quieren sino el bien. Verdad es que parte de la responsabilidad corresponde al mundo, por permitir que media docena de hombres o uno solo jueguen con él a la pelota.

Desarrollados en proporciones colosales los vicios y los crímenes, se desfiguran en tales términos que no se les conoce; el historiador se emboba engañado por la grandeza óptica de lo que en realidad es pequeño, y aplaude y admira un delito tan solo porque es perpetrado en la extensión de todo un hemisferio. La excesiva magnitud estorba a la observación lo mismo que el achicamiento que hace perder el objeto en las nieblas de lo invisible. Digo esto, porque a mi juicio, Napoleón I y su efímero imperio, salvo el inmenso genio militar, se diferencian de los bandoleros y asesinos que han pululado por el mundo cuando faltaba policía, tan solo en la magnitud. Invadir las naciones, saquearlas, apropiárselas, quebrantar los tratados, engañar al mundo entero, a reyes y a pueblos, no tener más ley que el capricho y sostenerse en constante rebelión contra la humanidad entera, es elevar al máximo de desarrollo el mismo sistema de nuestros famosos caballistas. Ciertas voces no tienen en ningún lenguaje la extensión que debieran, y si despojar a un viajante de su pañuelo se llama *robo,* para expresar la tala de una comarca, la expropiación forzosa de un pueblo entero, los idiomas tienen pérfidas voces y frases con que se llenan la boca los diplomáticos y los conquistadores, pues nadie se avergüenza de nombrar los *grandiosos planes continentales, la absorción de unos pueblos por otros...* etc. Para evitar esto debiera existir (no reírse) una policía de las naciones, corporación en verdad algo difícil de montar; pero entre tanto tenemos a la Providencia, que al fin y al cabo sabe poner a la sombra a los merodeadores en grande escala, devolviendo a sus dueños los objetos perdidos, y restableciendo el imperio moral, que nunca está por tierra largo tiempo.

Perdónenme mis queridos amigos esta digresión. No pensaba hacerla; pero al hablar de la muerte del incomparable don Mariano Álvarez de Castro, el hombre, entre todos los españoles de este siglo, que a más alto extremo supo llevar la aplicación del sentimiento patrio, no he podido menos de extender la vista para observar todo lo que había en derredor, encima y debajo de aquel cadáver amoratado que el pueblo de Figueras contemplaba en el patio del castillo una mañana del mes de enero de 1810. Aquel asesinato, si realmente lo fue, como se cree, debía traer grandes catástrofes a quien lo perpetró o consintió, y no importa que los criminales, cada vez más orgullosos, se nos presentaran con aparente impunidad, porque ya vemos que el mucho subir trae la consecuencia de caer de más alto, de lo cual suele resultar el estrellarse.

Oímos el relato de Andrés Marijuán, aposentados en una casa del Puerto de Santa María, donde moraban, además de nosotros, que pertenecíamos al ejército de Areizaga, muchos canarios de Alburquerque, que habían llegado el día antes, terminando su gloriosa retirada. A este general debió el poder supremo no haber caído en poder de los franceses, pues con su hábil movimiento sobre Jerez, mientras contenía en Écija las avanzadas de Víctor y Mortier, dio tiempo a preparar la defensa de la isla de León, y entretuvo al enemigo en las inmediaciones de Sevilla. Esto pasaba a principios de Febrero, y en los mismos días se nos dio orden de pasar a la Isla, porque en el continente, o sea del puente de Suazo para acá ¡triste es decirlo!, no había ni un palmo de terreno defendible. Toda España afluyó a aquel pedazo de país, y se juntaban allí ejército, nobleza, clero, pueblo, fuerza e inteligencia, toda la vida nacional en suma. De la misma manera, en momentos de repentino peligro para el hombre de ánimo esforzado, toda la sangre afluye al corazón, de donde sale después con nuevo brío.

Por mi parte deseaba ardientemente entrar en la Isla. Aquel pantano de sal y arena invadido por movedizos charcos y surcado por regueros de agua salada, tenían para mí el encanto del hogar nativo, y más aún las peñas donde se asienta Cádiz en la extremidad del istmo, o sea en la mano de aquel brazo que se adelanta para depositarla en medio de las olas. Yo veía desde lejos a Cádiz, y una viva emoción agitaba mi pecho. ¿Quién no se enorgullece de tener por cuna la cuna de la moderna civilización española? Ambos nacimos en los mismos días, pues al fenecer el siglo se agitó el seno de la ciudad de Hércules con la gestión de una cultura que hasta mucho después no se encarnó en las entrañas de la madre España. Mis primeros años agitados y turbulentos, fuéronlo tanto como los del siglo, que en aquella misma peña vio condensada la nacionalidad española, ansiando regenerarse entre el doble cerco de las olas tempestuosas y del fuego enemigo. Pero en Febrero de 1810 aún no había nada de esto, y Cádiz solo era para mí el mejor de los asilos que la tierra puede ofrecer al hombre; la ciudad de mi infancia, llena de tiernísimos recuerdos, y tan soberbiamente bella que ninguna otra podía comparársele. Cádiz ha sido siempre la Andalucía de las ondas, graciosa y festiva dentro de un círculo de tempestades. Entonces asumía toda la poesía del mar, todas las glorias de la marina, todas las grandezas del comercio. Pero en aquellos meses empezaba su mayor poesía, grandeza y gloria, porque iba a contener dentro de sus blancos muros el conjunto de la nacionalidad con todos sus elementos de vida en plena efervescencia, los cuales expulsados del gran territorio, se refugiaban allí dejando la patria vacía.

A las puertas de Cádiz comienzan los acontecimientos de mi vida que más vivamente anhelo contar. Estadme atentos, y dejadme que ponga orden en tantos y tan variados sucesos, así particulares como históricos. La historia al llegar a esta isla y a esta peña es tan fecunda, que ni ella misma se da cuenta de la multitud de hijos que deposita en tan estrecho nido. Trataré de que no se me olvide nada, ni en lo mío ni en lo ajeno. Para no perder la costumbre, comienzo por una aventura propia, en que nada tiene que ver la atisbadora historia, pues hasta hoy no he tenido empeño en comunicarlo a nadie, ni aunque la comunicara, se inmortalizaría en láminas de bronce, y fue lo siguiente:

Un amigo mío portugués de los que habían venido de Extremadura con Alburquerque, rondaba cierta casa en la extremidad de la calle Larga donde algunos días antes viera entrar desconocida beldad, que él ponía por las nubes, siempre que tocábamos este punto. Sus paseos diurnos y nocturnos, en que mostraba un celo, una abnegación superiores a todo encomio, no dieron más resultado que ver al través de las apretadas verdes celosías, dos figuras, dos bultos de indeterminada forma, pero que al punto revelaban ser alegres mujeres por el sordo cuchicheo y las risas con que parecían festejar la cachaza de mi paseante amigo. Cuanto menos las veía, más acabadamente hermosas se le figuraban, y con la dificultad de hablarlas, crecía su deseo de poner fin gloriosamente a una aventura, que hasta entonces había tenido pocos lances. Una tarde quiso le acompañase yo en su centinela al pie de la reja, y tuve la suerte de que mi presencia modificara la monótona esquivez de las bellas damas, las cuales hasta entonces ni a billetes ni a señas, ni a miradas lánguidas habían contestado más que con las risas consabidas y los ceceos burlones. Figueroa había deslizado una esquela, y tuvo la indecible satisfacción de recibir respuesta en un billete que cayó, cual bendición del cielo, delante de nosotros. En él decía la hermosa desconocida que estaba dispuesta a abrir la celosía para expresarle de palabra su gratitud por los amorosos rendimientos, y añadía que hallándose en un gran compromiso por causa de un suceso doméstico que no podía revelar, solicitaba para salir de él la ayuda del galán juntamente con la de su amigo.

Esto nos llamó grandemente la atención, y de vuelta al alojamiento para esperar la hora de las siete en que se nos había citado, hicimos mil comentarios sobre el suceso. Mientras mayor era el misterio, mayor también el anhelo de descifrarlo, y curiosos ambos por saber si íbamos a tener una sabrosa aventura o a ser objetos de una broma, acudimos por la noche al pie de la reja. En cuanto llegamos, abriose esta y una voz de mujer, cuyo acento aunque dulce no me pareció revelar persona de elevada clase, dijo a Figueroa con bastante agitación estas palabras:

—Señor militar, si es usted caballero, como creo, espero que no se negará a conceder a una desgraciada dama la generosa ayuda que solicita. Mi esposo el señor duque de los Umbrosos Montes duerme a estas horas; pero no puedo dejarle pisar a usted el recinto de este *arcásar,* que mi celoso dueño ha convertido en sepulcro de mi hermosura, en cárcel de mi libertad y en muerte de mi vida. El más leve rumor despertaría al fiel y sanguinario Rodulfo, paje de mi señor y carcelero mío. Pues *verasté:* mi honra depende de que al punto una persona de confianza atraviese las saladas ondas y parta a Cádiz a llevar un recado urgentísimo, sin lo cual mi situación es tal que no esperaré a que venga la rosada aurora, para *arrancalme* la vida con un veneno de cien mortíferas plantas compuesto que tengo aquí en aquesta botellita.

Figueroa estaba perplejo y embobado, aunque algo dispuesto a tomar aquello en serio, y yo contenía la risa al considerar cómo se reían de nosotros las dos desconocidas; pero mi amigo aseguró estar resuelto a prestar a ambas cuantos servicios fáciles o difíciles quisieran pedirle, y entonces la misma que antes hablara, añadió:

—¡Oh!, gracias, *invito* militar; así lo esperaba yo de su galantería y caballerosidad nunca desmentida en mil y mil lances, cual lo prueban las voces de la fama que han traído a mis orejas sus *hasañas.* Bueno, pues *verasté.* Mi criada, que es esta guapa y gallarda *donsella,* que a mi lado ve usted, y se llama *Soraida,* irá a Cádiz en un frágil esquife que Perico el botero tiene preparado en el muelle; pero como es grande su cortedad, deseo vaya acompañada de ese vuestro leal amigo, que está ahí oyéndonos como un marmolejo.

Al punto dije que estaba dispuesto a acompañar a la doncella, y mi amigo, algo corrido con los discursos de su adorada beldad, no sabía qué contestar. La desconocida habló así con creciente afectación:

—¡Oh! Gracias, *insine amigo del valiente Otelo.* Ya lo esperaba yo de su *malanimidad.* Pues *oigasté,* señor militar. Mientras este fiel amigo va a Cádiz a acompañar a mi *donsella* en la difícil comisión que mi *amenasado* honor le encomienda, nosotros nos quedaremos aquí pelando la pava en este balcón; con lo cual, ¿*usté* se entera?, tendré ocasión de mostrarle el amoroso fuego que inflama mi pecho.

No había acabado de hablar, cuando abriéndose la puerta de la casa, apareció una mujer cubierta de la cabeza a los pies con espeso manto negro, la cual llegándose a mí y tomándome el brazo, me obligó a que rápidamente la siguiese, diciéndome:

—Señor oficial, vamos, que es tarde.

No tuve tiempo para oír lo que desde la ventana decía la desconocida al amartelado Figueroa, porque la dama, criada o lo que fuera, no me permitía detenerme y me impulsaba hacia adelante, repitiendo siempre:

—Señor oficial, siga usted. ¡Qué pesado es usted!... No mire usted atrás ni se detenga, que estoy deprisa.

Quise ver su rostro; pero se lo ocultaba cuidadosamente. Se conocía que trataba de contener la risa y disimular la voz. Era una mujer arrogante y que me revelaba con solo el roce de su mano en mi brazo la alta calidad a que pertenecía. Desde su aparición había yo sospechado, que no era criada, y después de oírla y sentir el contacto de su vestido, ningún hombre se habría equivocado respecto a su clase. Yo estaba algo aturdido por lo inusitado de la aventura, y una dulce confusión embargaba mi alma. Venían a mi mente indicios, recuerdos, y aquella mujer llevaba en los pliegues de su vestido una atmósfera que no era nueva para mí. Pero al principio ni aun pude formular claramente mis sospechas. La desconocida me llevaba rápidamente y andábamos a prisa por las calles del Puerto, hablando de esta manera:

—Señora, ¿insiste usted en ir a Cádiz por mar a estas horas?

—¿Por qué no? ¿Se marea usted? ¿Tiene usted miedo a embarcarse?

—Por bueno que esté el mar, el viaje no será cómodo para una dama.

—Es usted un necio. ¿Cree usted que yo soy cobarde? Si no tiene usted ánimo iré sola.

—Eso no lo consentiré, y aunque se tratara de ir a América en el frágil esquife de que hablaba la señora duquesa de los Umbrosos Montes...

La desconocida no pudo contener la risa, y el dulce acento de su voz resonó en mi cerebro, despertando mil ideas que rápidamente cambiaron en luz las oscuridades de mi pensamiento, y en certidumbre las nebulosas dudas.

—Adelante —exclamó al ver que me detenía—. Ya estamos en el muelle. El botero está allí. La marea sube y nos favorecerá; el mar parece tranquilo.

Callé y seguimos hasta el malecón. Era preciso bajar por una serie de piedras puestas en la forma más parecida a una escalera, y el descenso no carecía de peligro. Tomé en brazos a mi compañera, y la bajé cuidadosamente al bote. Entonces ni pudo, ni quiso sin duda ocultarme su rostro, y la conocí. La fuerte emoción no me permitió hablar.

—¡Oh, señora condesa! —exclamé besándole tiernamente las manos—. ¡Qué felicidad tan grande encontrar a usía!...

—Gabriel —me contestó— ha sido realmente una felicidad que me hayas encontrado, porque vas a prestarme un gran servicio.

—Estoy destinado a ser criado de vuecencia en donde quiera que me halle.

—Criado no: ya esos tiempos pasaron. ¿Dónde has estado?

—En Zaragoza.

—¿Ves qué fácilmente se van ganando charreteras, y con ellas posición y nombre en el mundo? Entramos en unos tiempos en que los desgraciados y los pobres se encaramarán a los puestos que debe ocupar la grandeza. Gabriel, estoy asombrada de verte caballero. Bien, muy bien. Así te quería. No me habías dicho nada. ¿Por qué no me has buscado?... Ya no nos quieres.

—Señora, ¿cómo he de olvidar los beneficios que de vuecencia recibí? Estoy confundido al ver que nuevamente, y cuando menos lo esperaba, se digna usía servirse de mí.

—No bajes tanto, Gabriel; han cambiado las cosas. Tú no eres el mismo; no te conozco. Me ves, me hablas, ¿y no me preguntas por Inés?

—Señora —exclamé anonadado— no me atreví a tanto. Veo que vuecencia ha cambiado más que yo.

—Tal vez.

—¿Inés vive?

—Sí, está en Cádiz. ¿Deseas verla? Pues no te apures; yo te prometo que la verás, la verás.

Diciendo esto, Amaranta se expresaba en un tono que me hacía comprender su anhelo de mortificar a alguien, al permitirme ver a su hija. Su benevolencia me tenía tan confundido, que ni aun acertaba a darle las gracias.

—¡En qué momento tan crítico para mí te me has aparecido, Gabriel! Un suceso que sabrás más tarde me obliga a ir a Cádiz esta noche, sola, sin que ninguno de mi familia lo sepa. Dios no me podía ofrecer compañero ni custodio más a propósito.

—Pero señora, ¿usía no considera que las puertas de Cádiz están cerradas a estas horas?

—Lo están para mí todas menos una. Por eso me aventuro en esta travesía que podría ser peligrosa. El jefe de guardia en la puerta de mar es amigo mío y me espera. Yo tenía el bote preparado. Estaba dispuesta a ir sola, y cuando te presentaste en la calle acompañando al oficial que nos rondaba, vi el cielo abierto. Gabriel, te juro que estoy contentísima de verte en la honrosa condición en que ahora te hallas. Así te deseaba yo. Pero chiquillo, ¿eres tú mismo?... ¡Pues no lleva sus charreteras como un hombre!... El muy zarramplín con ese uniforme, que le sienta bien, tiene aire de persona decente... Vaya usted a hacer creer a la gente que has jugado en la Caleta... chico, bien, bien, así me gusta... qué bien te vendría ahora aquella farsa de tus abolengos... No me canso de mirarte, pelafustán... ¡qué tiempos estos! He aquí un gato que quiso zapatos y que se ha salido con ello... Te juro que eres otro. Inés no te va a conocer... ¡Qué a tiempo has venido! Estás muy bien, hijito... Desde que fuiste mi paje conocí tu corazón de oro... ¡Ay!, no te faltaba más que el forro, y veo que lo vas teniendo... Gabriel: creo que te alegras de verme, ¿no es verdad? Yo también. Cuántas veces he dicho: si ahora apareciese ese muchacho... Mañana te contaré todo. Chiquillo, soy la mujer más desgraciada de la tierra.

El bote avanzaba con la proa a Cádiz. El botero fijo en la popa llevaba el timón, y dos muchachos habían izado la vela latina, con la cual, merced al viento fresco de la noche, la embarcación se deslizaba cortando gallardamente las mansas olas de la bahía. La claridad de la Luna nos alumbraba el camino: pasábamos velozmente junto a la negra masa de los barcos de guerra ingleses y españoles, que parecían correr al costado en dirección opuesta a la que seguíamos. Aunque el mar estaba tranquilo, agitábase bastante el bote, y sostuve con mi brazo a la condesa para impedir que se hiciera daño con las frecuentes cabezadas del barco. Los tres marinos no pronunciaron una sola palabra en todo el trayecto.

—¡Cuánto tardamos! —dijo Amaranta con impaciencia.

—El bote va como un rayo. Antes de diez minutos estaremos allá —dije al ver las luces de la ciudad reflejadas en el agua—. ¿Tiene vuecencia miedo?

—No, no tengo miedo —repuso tristemente— y te juro que aunque las olas fueran tan fuertes, que lanzaran el bote a la altura de los topes de ese navío, no vacilaría en hacer este viaje. Lo habría hecho sola, si no te hubieras aparecido como enviado del cielo para acompañarme. Cuando te vi, mi primera idea fue llamarte; pero luego mi criada y yo discurrimos la invención que oíste, para desorientar al hidalgo portugués. No quiero que nadie me conozca.

—La señora duquesa de los Umbrosos Montes estará a estas horas trastornando el seso de mi buen amigo.

—Sí, y lo hará bien. Si mi ánimo estuviera tranquilo, me reiría recordando la gravedad con que dijo las relaciones que le enseñé esta tarde. Hace poco, como se empeñara en galantearme un viajero inglés, Dolores quiso pasar por ama y yo por criada; pero él conoció al punto el engaño. No nos dejaba ni a Sol ni a sombra, y no puedes figurarte las felices ocurrencias de mi doncella a propósito del caballero británico, de su aspecto tristón, de sus ardientes arrebatos y de su cojera. Era a ratos amable y fino, a ratos sombrío y sarcástico y se llamaba lord Byron.

—No es extraño que vuecencia enloqueciera a ese señor inglés. Pero ya llegamos, señora condesa, y el bote va a atracar en el muelle. Sale la guardia a darnos el quién vive.

—No importa; tengo pase. Di que llamen a don Antonio Maella, jefe de la guardia.

Presentose el oficial, y nos dio entrada sin dificultad, abriéndonos luego la puerta, por donde pasamos a la plaza de San Juan de Dios. Mientras nos acompañaba hasta dicho punto, habló brevemente con Amaranta.

—Ya la esperaba a usted —dijo—. Las dos señoras marquesas tienen preparado su viaje para mañana, en la fragata inglesa *Eleusis*. Piensan establecerse en Lisboa.

—Su objeto es alejarse de mí —repuso Amaranta—. Felizmente he tenido aviso oportuno, y me parece que llego a tiempo.

—Tan callado tenían el viaje, que yo mismo no lo he sabido hasta esta tarde por el capitán de la fragata. ¿Piensa usted partir también con ellas?

—Partiré si no puedo detenerlas.

Al decir esto, la condesa, sin perder tiempo en contestar a los cumplidos y finezas del oficial, tomó mi brazo, y obligándome a tomar paso algo vivo, me dijo:

—Gabriel, no nos detengamos. ¡Cuán inquieta estoy!... Ya te lo contaré todo después. Figúrate que después de que me hacen vivir como en destierro, separada de lo que más amo en el mundo... ¿qué te parece? Dios mío, ¿qué he hecho yo para merecer tal castigo?... Pues sí... Después que me obligan a vivir allá... Te diré... hasta se han empeñado en hacerme pasar por afrancesada... Y todo ¿por qué?, dirás tú... Pues nada más sino porque... andemos más a prisa... porque me opongo a que la hagan desventurada para siempre... Mi tía no tiene sensibilidad, y nuestra parienta la de Rumblar tiene un rollo de pergaminos en el sitio donde los demás llevamos el corazón. Además, con los vidrios verdes de sus espejuelos no ve más que dinero... Gabriel, etiqueta y soberbia en un lado, soberbia y avaricia en otro... No puedes figurarte cuán apenadas y tristes están las tres pobres muchachas... Y ahora quieren llevárselas a Lisboa... ¿qué dices tú a eso?... Todo por alejar a Inés de mí... ¡Con cuánto secreto han preparado el viaje!... ¡Con qué habilidad me confinaron en el Puerto, haciendo llegar a los individuos de la Junta falsas noticias acerca de mí! Por fortuna soy amiga del embajador inglés, Wellesley... que no... Pues sí, mi tía y yo nos disputamos ardientemente el dirigir a la pobre Inés hacia su mejor destino... ella va por una senda, yo por otra... lo que yo quiero es más razonable; y si no, dime tu parecer... Pero ya hablaremos mañana. ¿Te quedarás en la Isla o vendrás a Cádiz? Espero que nos veremos, Gabrielillo. ¿Te acuerdas cuando eras mi paje en el Escorial y yo te contaba aquellas historias?

—Esos y otros recuerdos de aquel tiempo, señora —le respondí— son los más dulces de mi vida.

—¿Te acuerdas cuando te presentaste en Córdoba? —prosiguió riendo—. Entonces estabas algo tonto. ¿Te acuerdas de cuando en Madrid fuiste a casa con el padre Salmón?... ¿Te acuerdas de cuando te encontré en el Pardo vestido de duque de Arión?... Después me he acordado mucho de ti, y he dicho: «¡Dónde estará aquel desgraciado!...» No puedo creer sino que Dios te ha cogido por la mano para ponerte delante de mí... Ya llegamos.

Nos detuvimos junto a una casa de la calle de la Verónica.

—Llama a la puerta —me dijo la condesa—. Esta es la casa de una amiga mía de toda confianza.

—¿Vive aquí la señora marquesa? —pregunté tirando de la campanilla de la reja—. Esta casa no me es desconocida.

—Aquí vive doña Flora de Cisniega: ¿la conoces? Entremos. Se ven luces en la sala. Aún están en la tertulia; es temprano. Ahí estarán Quintana, Gallego, Argüelles, Gallardo y otros muchos patriotas.

Subimos y en un gabinete interior nos recibió el ama de la casa, en quien al punto reconocí una amistad antigua.

—¿Está aquí? —le preguntó con ansiedad la condesa.

—Sí; aunque se embarcan mañana de secreto, han venido esta noche sin duda para que yo no sospeche su determinación. Pero a mí no se me engaña... ¿va usted a la sala? Está muy animada la tertulia. ¡Ay!, amiga mía, esta noche he ganado al *monte* una buena suma.

—No, no voy a la sala. Haga usted salir a Inés con cualquier pretexto.

—Está en coloquio tirado con el amable inglesito. Pero saldrá. Mandaré a Juana que la llame.

Después de dar la orden a su doncella, doña Flora me observó atentamente, queriendo reconocerme.

—Sí, soy Gabriel, señora doña Flora, soy Gabriel, el paje del señor don Alonso Gutiérrez de Cisniega.

Doña Flora, no necesitando más, abalanzose a mí con todo el ímpetu de su sensible corazón.

—Gabrielillo, ¿es posible que seas tú? —exclamó chillonamente estrechándome entre sus brazos—. Estás hecho un hombre, un caballero... ¡Qué alto estás! Cuánto me alegro de verte... ya te he echado de menos... pero ¡qué buen mozo eres!... ¿Qué tal me encuentras?... Otro abrazo... ¡Ay!... ¿Por qué me dejaste?... ¡pobrecito niño!

Mientras era objeto de tan ardientes demostraciones de regocijo, sentí el rumor propio de un rápido movimiento de faldas hacia el corredor que conducía a la pieza donde estábamos.

FIN

Junio de 1874.

Libros a la carta

A la carta es un servicio especializado para

empresas,

librerías,

bibliotecas,

editoriales

y centros de enseñanza;

y permite confeccionar libros que, por su formato y concepción, sirven a los propósitos más específicos de estas instituciones.

Las empresas nos encargan ediciones personalizadas para marketing editorial o para regalos institucionales. Y los interesados solicitan, a título personal, ediciones antiguas, o no disponibles en el mercado; y las acompañan con notas y comentarios críticos.

Las ediciones tienen como apoyo un libro de estilo con todo tipo de referencias sobre los criterios de tratamiento tipográfico aplicados a nuestros libros que puede ser consultado en Linkgua-ediciones.com.

Linkgua edita por encargo diferentes versiones de una misma obra con distintos tratamientos ortotipográficos (actualizaciones de carácter divulgativo de un clásico, o versiones estrictamente fieles a la edición original de referencia).

Este servicio de ediciones a la carta le permitirá, si usted se dedica a la enseñanza, tener una forma de hacer pública su interpretación de un texto y, sobre una versión digitalizada «base», usted podrá introducir interpretaciones del texto fuente. Es un tópico que los profesores denuncien en clase los desmanes de una edición, o vayan comentando errores de interpretación de un texto y esta es una solución útil a esa necesidad del mundo académico.

Asimismo publicamos de manera sistemática, en un mismo catálogo, tesis doctorales y actas de congresos académicos, que son distribuidas a través de nuestra Web.

El servicio de «libros a la carta» funciona de dos formas.

1. Tenemos un fondo de libros digitalizados que usted puede personalizar en tiradas de al menos cinco ejemplares. Estas personalizaciones pueden ser de todo tipo: añadir notas de clase para uso de un grupo de estudiantes,

introducir logos corporativos para uso con fines de marketing empresarial, etc. etc.

2. Buscamos libros descatalogados de otras editoriales y los reeditamos en tiradas cortas a petición de un cliente.